JN103080

あのドラゴンの骨には見覚えがある。
魔獣の森を開拓した際に、僕が倒したヤツだな。

混乱をよそに、
フラウはスケルトンドラゴンの背に乗った。
「やっつけろ」

その姿を見たとたん、背筋に冷たいものが走った。
仮面の女が僕に気づいて、軽く手を挙げた。
……ああ、やっぱり師匠だ。

モンスターの肉を食っていたら
王位に就いた件 ②

著：駄犬
イラスト：芝

GCN文庫

CONTENTS

PROLOGUE

昼の強烈な日差しが、白を基調とした豪華な馬車の装飾に反射して輝いていた。

その馬車の四隅には繊細な模様が彫りこまれ、しかも宝石で飾られている。屋根はアーチ型をしており、そこにも複雑な模様の彫刻が刻まれていた。引いているのは立派な駿馬であり、毛並みはつやつやと輝いている。

高価な絹のカーテンで仕切られた内部の床と座席は、深紅の高級な絨毯《じゅうたん》で覆われていた。座席には柔らかなクッションが置かれており、金糸で刺繍が施されている。

明らかに装飾過多であった。たとえ王族であっても、こんな馬車には乗らないであろう。民衆から浪費していると思われて人心が離れかねないし、何よりも派手過ぎて人目が気になる。

だが、その馬車の主《あるじ》である女は、十分に余裕がある車内で、外聞など気にすることなく悠然とくつろいでいた。今は街道を走っているが、たとえ街中であったとしても彼女の態度は変わらないであろう。

長いウェーブのかかった紫の髪。深く透明な色をした碧眼《へきがん》。白いドレスからは艶《なま》めかしい白い肌が見え隠れしている。美女――と言って差し支えないのだが、何故か見る者に不安を抱かせるものがある。

隣に座った侍女は、鳥の羽でできたうちわでゆっくりと女をあおいでいた。

「退屈ね」

女の言葉に侍女はびくりと身体《からだ》を震わせる。何と返事をすべきが判断がつかない。下手なことを言えば主の機嫌を損ない、どんな目にあわされるのかわかったものではないのだ。

「いっそ、ひとりで来れば良かったかしら?」

侍女の返事を待たずに女は続けた。

(そうしてくれれば、どんなに良かったことか)

侍女は心の中で毒づいた。

この女は城から屋敷に戻ってくるなり、

「ファルーンに行くわ」

と言い出したのだ。当然侍女や召使いたちは何の準備もしていない。しかし、そんなことはおかまいなしで、女はすぐに出発すると言って聞かなかった。

無茶苦茶である。けれど言う通りにしなければ、ひどい目にあわされるだろう。

仕方が無いので必要そうな物をかき集めて荷物とし、この馬車の後ろに続いている2台の馬車に積んでいた。衣類やら化粧品やら装飾品やら、馬車での移動には必要なさそうな物ばかりであるが、持ってこなかったら女が怒ることは目に見えていた。

その怒りは何よりも恐ろしい。

ドルセン国が誇る五天位《ごてんい》のひとり、カーミラ。

その力は、軽く指を動かすだけで人の首を刎《は》ねることができると噂されている。

実際、カーミラはその力を惜しげもなく披露するので、侍女は噂が本当であることを知っていた。さすがに人の首が刎ねられたところを見たことは無いが、屋敷では戯《たわむ》れに物が切断されることなど珍しくない。自分の主とはいえ、積極的には関わりたくはなかった。

「ねぇ、ファルーンってどんなところか知っているかしら？」

とうとう退屈に飽きたカーミラが侍女に話をふった。

「……噂によるとゼロスという王が力尽くで王位を簒奪《さんだつ》したとか」

「力がある者が王位に就くのは当然のことではなくて？」

カーミラが妖しく微笑《ほほえ》んだ。自分にもその力があるのだと、その資格があるのだと、主が主張したいことを侍女は承知していた。

「……左様でございますね」

「他には？」

「ファルーンにはハンドレッドという強力な戦士たちがいるとか。普段は闘技場で仲間同士で戦っており、いざ戦争になると見境なく突撃してきて暴れ狂うと聞いております。先の我が国との戦争でも、一騎当千の働きをしたとか……」

「そんなものは敗者の戯言《たわごと》に過ぎないわ」

カーミラは冷たい目をして言い放った。気にさわったのかと思って侍女は身をすくめた。

「闘技場で賭けの対象になっているようなならず者たちが、そんなに強いはずがないわよね？　少し考えればわかることじゃないかしら？」

「仰る通りだとわたしも思いますが、何分《なにぶん》ブリックスで我が軍は大敗を喫していますので、巷《ちまた》でもそのように言われております。五天位であったマテウス様、ダンテ様も亡くなられておりますし」

「化けの皮がはがれただけでしょ？」

仮にも自分の同僚である五天位の死を、カーミラは嘲笑《あざわら》った。

「他に人がいなかったから五天位の座に就けていただけで、それにのぼせ上がって良い格好をしようとするから死んでしまうのではなくて？」

「はい。まったくカーミラ様の仰る通りで……」

侍女はそう言いつつも、内心ではマテウスとダンテの死を惜しんでいた。

ふたりとも騎士らしい騎士として、巷ではとても人気があったのだ。

特にマテウスは眉目秀麗《びもくしゅうれい》・品行方正で知られていたため、国中の女性たちの憧れの的であった。それに比べると、カーミラはまったく人気がない。

類まれな美貌の持ち主なのだが、それ以上に性格が悪いことで有名で、どんな男も寄り付かなかった。その強さも暴君的な意味で知られており、どちらかと言えば人というよりモンスターに近い位置づけである。

恐らく国民のほとんどが「マテウスの代わりにカーミラがブリックスで戦えば良かったのに」と思っていることだろう。

ただ、それはカーミラの死を願ってのことではない。「カーミラが戦えば勝てたのではないか」という期待から来るものだった。

「その……ファルーンの王はモンスターの肉を喰らって力を得ているという噂もあり、ハンドレッドもそういった悪魔的な力を得ている可能性があるかと……」

侍女自身、その噂はあまり信じていなかったが、マテウスを何かしらフォローしたいという気持ちが働いた。

「馬鹿馬鹿しいわね」

カーミラは鼻で嗤《わら》った。

「モンスターの肉を食べて強くなれるくらいなら、誰も苦労はしないわ。良いこと？　力と言うのは正しい血筋があって、初めて得ることができるものなのよ？　それを騎士でも何でもないような庶民どもが毒であるモンスターの肉を食べたところで、得られるものは食あたりくらいなものよ。大方、毒を摂取することで狂乱状態に陥って、滅茶苦茶な戦い方をしているだけのことでしょ？　命を顧みない戦士というのは厄介な存在には違いないけど、わたしには通用しないわ」

カーミラはハンドレッドを田舎の野蛮人の集団として見下していた。

「その通りでございます。カーミラ様に勝てる相手などおりませぬ」

侍女は、少なくとも強さにおいては、主のことを信頼していた。暴力においては右に出る者はいないと。

カーミラはその追従を聞いて機嫌を良くし、カーテンの隙間から外の景色を見た。

遠くに巨大な建物が見える。噂に聞くファルーンの闘技場だろう。

「下品な建物だこと」

カーミラは目を細めた。

馬車は街道を進む。ファルーンへ至る道を。

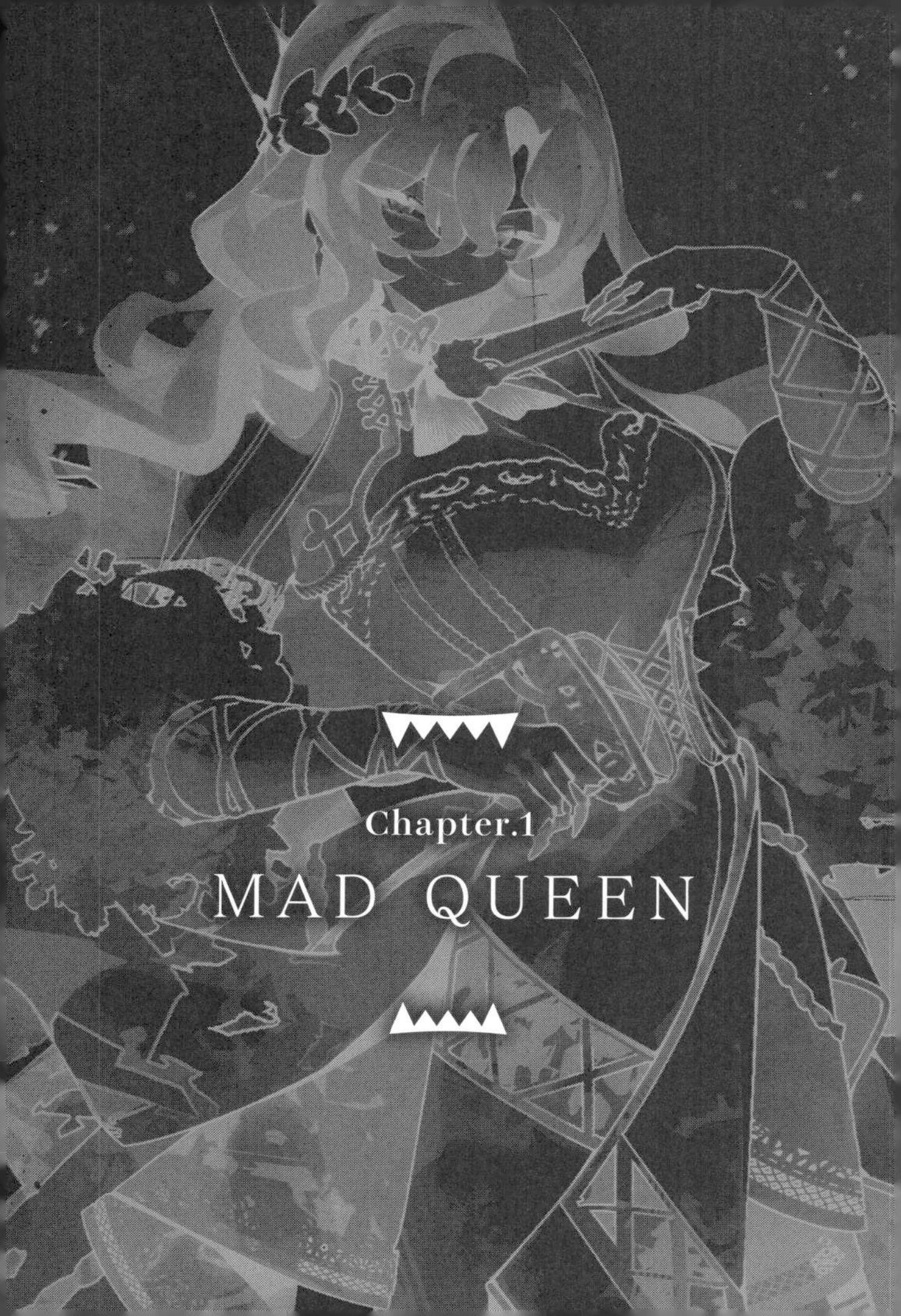

Chapter.1

MAD QUEEN

Ⅰ◆ヤマト

ハンドレッドにヤマトという男がいる。

オグマたちより年上で、齢《よわい》は30近い。ハンドレッド内でも年長の方である。黒髪を後ろで束ね、柔和な顔立ちをしており、あまり風采は上がらない。

もとはファルーンの片田舎の街で、剣術を教える道場を構えていた。

それがハンドレッドの噂を聞きつけて、興味を抱き、王都へやってきたのだ。

ハンドレッドに参加した後は、年齢が高かったせいか、モンスターの肉に身体を慣らすのに時間がかかった。しかし、尋常ではない努力によって肉を克服し、ハンドレッド内のランキングを徐々に上げていった。

現在、ハンドレッド内の序列は4位である。

剣術を教えていただけあって、剣技への造詣は深く、自他ともに認める剣術マニアだ。

人の良い性格で、請われれば誰にでも剣術を教えるため、仲間内からは『先生』と呼ばれて親しまれている。

ヤマトは身体能力は高くないものの、ある種の天才だった。

――見た剣技を習得できる――

その能力が明らかになったのは、マルスがランキング戦で『ソニックブレード』を披露した後のことだった。しばらく経った後に、ヤマトは自分のランキング戦において『ソニックブレード』を再現してみせたのである。

『ソニックブレード』は高難易度の剣技であり、『剣聖の剣技』とも呼ばれていた。それを再現してみせたのだから、周囲から驚かれた。

しかも、人に剣技を教えるのも上手《うま》いため、『ソニックブレード』を人に伝授することができた。ただ、『ソニックブレード』は教える相手の技量も問われる剣技だったため、ハンドレッドでも上位の数人しか使えない。

それでも驚くべき異能であり、マルスからの評価も高く、政変後はファルーン国の剣術指南役に正式に任命されていた。

そのヤマトがマルスに呼ばれていた。

場所は王座の間ではなく、王城内の訓練場である。

「それで五天位の剣技は習得できた？」

僕は目の前で畏《かしこ》まっているヤマトに尋ねた。ここは城の中の訓練施設である。僕もヤマトも鎧は着けていないが、動きやすい簡素な服装をしていた。

「はい、陛下。彼らが使った剣技は『ミラージュソード』と『アースブレイク』という技に相違ありません」

軽く一礼してヤマトは答えた。相変わらず腰が低くて礼儀正しい。あのならず者たちの中にあって、好感が持てる数少ない人間である。

ヤマトは剣術を教えていただけあって、剣技に詳しい。城にあった剣技に関する蔵書も貸し与えたため、その知識はかなり豊富になっていた。

「『ミラージュソード』と『アースブレイク』か。どんな技なんだ？」

「はい。『ミラージュソード』は自身の心拍に強化をかける技で、一時的に驚異的な速度で剣を振るうことを可能にします。ただ、速度は上がっても力は上がりません。そのため、剣を軽くするなり工夫しないと、元々の力がよほど強くない限り、あのような技にはならないでしょう」

なるほど。だからマテウスは細身の剣を使っていたのか。

「『アースブレイク』は？」

「あれは物理的な力と魔力を融合させた技です。文献には大地を割る力があるということで、『アースブレイク』と名付けられていました。イメージが重要な剣技で、実際に剛力を持ち、それを魔力で増幅させることによって、振るった剣から衝撃波を放つことができます。衝撃波の射程距離は短く、『ソニックブレード』のような使い方はできません。ただ、至近距離では強力な威力を発揮する剣技かと存じます」

イメージが重要な技ね。だからダンテは大剣を使っていたのか。

「じゃあ実際に使ってみせてもらおうか。わたしに打ち込んでくれ」

僕は技を受けるために長剣を抜いた。

「畏まりました」

ヤマトも剣を抜いた。彼が使うのも両手持ちの長剣。

「では」

剣を正面にすっと構えると、ヤマトは『ミラージュソード』を発動させた。

剣筋が残像となって、複数の斬撃を一瞬のうちに放ったかのように見えた。

（おお、まったく同じ技だ）

僕は驚きながらも、それをすべて防いだ。攻撃よりも防御のほうがモーションが小さいため、力の差があれば防げないことはない。

「お見事です、陛下！　さすがでございます！」

『ミラージュソード』を披露したヤマトは僕を褒め称《たた》えた。せっかく習得した剣技を防いだのだから、ちょっと悪い気もするが、彼はまったく気にしていないようだ。

「次は『アースブレイク』を使います」

ヤマトは剣を肩にかつぐように振りかぶると、全身の力を込めて振りぬいた。

「むん！」

気合の声と共に剣が魔力をまとい、衝撃波を伴った斬撃へと変化する。

僕はそれを受けずに後ろに跳躍してかわした。

ドンッという鈍い音と共に地響きが起き、訓練場の地面が凹む。ダンテほどの威力ではないが、十分再現できているようだ。

「結構魔力が必要そうだな」

ダンテが使ったときよりも、魔力の影響が大きいように思えた。

「そうですな。元々の力が強ければ、魔力はそれをサポートするだけなので、そこまで必要ないと思います。ただ、わたしはダンテ程の力はございませんので、相応の魔力を消費する形になりました」

「力があれば魔力は要らないが、魔力があれば力が無くても使えるということか？」

「ある程度の力と剣の技量は必要となるでしょうな。少なくとも魔法使いが簡単に使えるような技ではありません」

魔法使いが杖を振りかぶって『アースブレイク』を使う様を想像する。

……うん、弱そうだ。

「なるほど。じゃあ、今度はわたしに伝授してもらおうか。褒美は別に出すから」

僕がそう言うと、ヤマトは恐縮したように身を縮めた。

「とんでもございません、陛下！　この卑賎《ひせん》の身にこのような伝説の剣技を覚える機会を与えていただけただけでも名誉の限り！　陛下が与えてくださった力が無ければ、わたしにはこんな素晴らしい剣技を使うことはできませんでした！」

ヤマトが言う「陛下が与えてくださった力」とはモンスターの肉の効果である。

剣術道場をやっていたころ、ヤマトはある程度の剣技を習得するには相応の力と魔力が必要であることを知り、自分に才能がないことを悟ったらしい。

ところが、モンスターの肉を食べることで力が上がるという噂を聞いて、自分の限界を破るべくハンドレッドに参加したのだ。

ヤマトの剣技への執念は凄まじく、あのクソ不味《まず》いモンスターの肉を大量に摂取し、幾度も身体を壊しながらも乗り越えてきた。そして厳しい修練を重ねることで、高難易度の剣技を習得するに至ったのだ。

初めて『ソニックブレード』を再現できたときは、滂沱《ぼうだ》の涙を流したそうだ。

で、その自分を変える機会を与えてくれたということで、僕にとても感謝している。

具体的に言うと、ランキング戦で『ソニックブレード』を披露した後、僕の目の前で這いつくばるようにひれ伏して、一生の忠誠を誓うくらい。

剣術指南役に任命したときも泣いていたし、城にある剣技に関する蔵書を渡したときも感激していた。

いや、僕が自分で剣技について調べるのが面倒くさいから、本を渡しただけなんだけどね。剣術指南役も、自分で剣技を習得するのが大変だから任命しただけだし。

ヤマトは自己評価が低いみたいだけど、見ただけで剣技を覚えるとか、とんでもないスキルの持ち主である。こんな才能が在野《ざいや》に埋もれていたとは驚きだ。他国に行けば、もっと好待遇で迎え入れられるだろうけど、本人的には今の待遇で満足しているようだ。

「そっ、そう？　じゃあまた新しい剣技を覚える機会があったら、宜しく頼むよ」

この前の戦争では、僕はヤマトに五天位のふたりの戦いを観察する任務を与え、彼らの剣技を覚えるように命じたのだ。

ヤマトはその任務がとても気に入ったらしく、戦いの決着が付いた後、技術的にいかに素晴らしい戦いであったかを、僕が引くくらい熱弁し始めるほどだった。

「お任せください、陛下！　この命、そのためにあるのですから！」

目を輝かせてヤマトは答えた。

そのためって、どのためだよ？　もっと命は大切に使って？


剣技とは、剣術と魔力の複合技である。

昔のわたしは剣への知識や技量があっても体力や魔力が足らず、剣技を使うことができなかった。

いや、なまじ技量があっただけに、剣技への想いがなかなか断ち切れずにいたのだ。

あまり知られていないことだが、身体能力と魔力は才能であり、遺伝的な要素が強い。

努力によって伸ばせる力には限界があり、若き日の自分は早々にその限界にぶち当たっていた。

「剣の技量であれば、誰にも負けないのに……」

その想いがずっと自分の中に燻《くすぶ》り続けたが、どうにもならずにファルーンの片田舎で細々と剣術を教えて生計を立てていた。

だがある日、モンスターを狩り、身内同士で戦いに明け暮れるハンドレッドという組織に入れば、限界を超えた強さが身に付くという噂が伝わってきた。それを聞いたわたしは一縷《いちる》の望みを抱いて、ハンドレッドへ入ることを決意した。

ハンドレッドに入った後は、強力なモンスターを狩りに行っては死にかけ、毒の塊であるその肉を摂取しては死にかけ、さらに仲間同士で本気で戦っては死にかけた。

この世に地獄があるとするならば、ハンドレッドがそれに最も近いのではないだろうか？

しかし、その地獄を生き抜くことによって、わたしは劇的に生まれ変わることができた。そう、限界を超えるには限界を超える修練を身に課せば良かっただけなのだ。

何と素晴らしいことか！　この非人道的なシステムを考案なされたゼロス王はわたしにとって神に等しい。

今では使いたくても使えなかった剣技の数々が、容易《たやす》く使えるようになったのだ。

特に『ソニックブレード』を習得できたときは、喜びで発狂してしまいそうだった。

ハンドレッドの日々で死を覚悟したことは一度や二度では無かったが、この程度の苦労は物の数に入らない。そう、強さが手に入らなければ、何のための人生か！

今日は陛下に『ミラージュソード』と『アースブレイク』を伝授させて頂いた。

陛下はコツを教えただけで、簡単にふたつともマスターし、元の使い手であった五天位のふたりのものよりも強力な剣技となった。

というか、『ミラージュソード』は剣じゃなくて身体のほうが残像になっていたし、『アースブレイク』は本当に地面が割れた。あの『アースブレイク』を受けたら、剣や鎧ごと潰されてしまうだろう。

恐らく、これが本来の剣技なのだ。我々如きが使う剣技など児戯《じぎ》に等しく、陛下のような本当の才能を持つ者が使ってこそ、本来の威力を発揮することができる。

陛下が使う真の剣技を間近で拝見できる喜び！　これに代わる愉悦が他にあろうか？

陛下はわたしの才能を高く評価してくださっているが、わたしの技など所詮は小手先の物。真の剣技には遠く及ばない。陛下だけが、真の剣技を体現することができるだろう。

剣術指南役という役職は、まさにわたしにとって天職。

陛下にはありとあらゆる剣技をマスターして頂いて、世界最高の剣士になって頂くのがわたしの夢だ。

ただ、すべての剣技を体得するためには、他の国の剣技を覚える必要がある。

剣技は国の機密に等しい。それを知るためには、どうすれば良いか？

そう、ファルーンがすべての国を制圧すれば良いのだ！

幸いにも、陛下はアレス大陸を統一する野心を持っていらっしゃる。素晴らしい。

陛下におかれては、一刻も早く世界制覇して頂いて、すべての剣技を習得して頂きたいものだ。

Ⅱ◆カーミラ

カツンカツン、とヒールの高い靴で石畳を鳴らしながら、女が優美に歩いている。

華美な白いドレスを着こなし、扇子で顔をあおぎながら、鼻歌交じりに歩いている。

最近のファルーンの王都では珍しい、身分の高そうな女である。

ゼロス王の政変後、街では貴族たちを見ることはほとんどなくなり、特に身なりの良い女性の姿はまったくなくなってしまった。

そもそも、政変前であろうと、身分の高い女性が街の往来を歩くこと自体が珍しいことだったのだが。

そういうわけで、王都に住む人々は奇異の目でその女を見ていた。

彼女の顔立ちは整っており、均整の取れた身体は蠱惑《こわく》的ですらあるのだが、それ以上に「この人、何でこんなところを歩いているんだ？」という怪しさが先に立った。

女はそんな周囲の視線をまったく気にすることなく歩を進め、城へと向かった。

城の入り口の警護をしているのは、青の騎士団である。

先のドルセン国との戦いで活躍した黒の騎士団や赤の騎士団とは違い、主に王都の守備を任されているため目立った働きは少なかった。しかし、団員のほとんどはハンドレッドにも所属しており、実力的には他の騎士団と遜色はない。

警護にあたっているふたりの騎士は、だんだん近づいてくる白いドレスの女に不吉な予感を覚えた。

「なあ、あの女、まさか城に入るつもりじゃないよな？」

騎士のひとりが相方に話しかけた。任務柄、彼らは城に出入りしている人間の顔をほとんど覚えており、近づいてきている女が城の関係者でないことはわかっている。

「いや、あの迷いのない歩調はそのつもりじゃないか？」

「おまえ、あの女を見たことあるか？」

「あるわけないだろ？　貴族たちがいたときでも、城に歩いてやってくるドレスの女なんか見たことないぞ？」

貴族たちは外を歩くのを殊更《ことさら》嫌う。可能な限り馬車を使う。特に貴族の女性はその傾向が強かった。ドレスや履いている靴が機能性にはほど遠い代物《しろもの》なため、歩くのが億劫だったからだ。

「ひょっとして、あれは貴族の恰好をしている娼館の女か？　そういうのが好きな男もいるという話を聞いたことがあるが」

「かもしれんな。ということは、男女間のいざこざを直談判《じかだんぱん》しに城に入ろうとしているのか？」

「ありうるな。男のほうはクロム様か、ワーレン様といったところか？」

黒の騎士団団長と赤の騎士団団長は、若いころから遊び人として知られていた。今でも独身であるのをいいことに、歓楽街に頻繁に出入りしているという噂だ。とはいえ、さすがに城に乗り込まれるような遊び方はしていないため、ふたりとも冤罪《えんざい》である。

「まあ、うちの団長ではないだろうな」

「それはそうだ」

青の騎士団団長のブレッドは、品行方正で騎士の鑑のような男である。政変のときは旧政権を裏切る形でマルス側に付いたが、それも国の腐敗を憂えてのことであり、基本的には実直で真面目な人間だった。

警護のふたりが軽口を叩いている間に、白いドレスの女はとうとう門のところまでやってきた。

「失礼ですが、どちら様でしょうか？　城にどのようなご用件ですか？」

青騎士のひとりが丁寧に尋ねた。女は怪しいことこの上ないが、万が一にも城の人間の関係者である可能性を排除しきれない。また、力ずくで押し入ろうという輩《やから》にも見えなかったため、このような対応をとったのだ。

「あらあら、わたしこれでも有名なつもりだったんですけど、さすがにここでは知られてないのかしら？　困ったことだわ」

女は困っているとはまったく思えない感じで、扇子で口元を隠しながら笑った。

「有名……ですか？」

「そう、有名なのわたし。少なくとも国元では、わたしを遮《さえぎ》る者などいないくらい、にはね」

他国の貴族だろうか？　しかし、そういう予定は聞かされていない。護衛のふたりは顔を見合わせた。

「面会予定の方はどなたでしょうか？　確認してまいりますが」

「予定なんかありませんのよ？　ただ、ちょっと……お会いしてみたいと思いましてね、ゼロス王に。

ひょっとしたら、勘違いされているのではないかと思いまして。弱い弱いふたりを倒したくらいで、五天位を見くびっていらっしゃるとしたら、それはわたしにとって悲しいことですし、ドルセンにとっても嘆かわしいことでしょう？

わたしも五天位のひとりとして、これは国のためにひと肌脱ごうかと思いまして、ね。国王陛下にも内緒でこっそりとここまでやってきましたの。田舎道を歩いて、わたし疲れたわ。中に入れていただけるかしら？」

これを聞いて、青騎士のふたりは困惑した。

「ドルセンの五天位？　その恰好で？」

「カーミラと申しますの。ああでも、マテウスやダンテと同列に並べないでくださいまし。あのふたりは五天位の数合わせにすぎませんから」

カーミラと名乗った女は、扇子でそっと顔をあおぎながら妖艶に微笑んだ。その佇まいは騎士というよりも、高級娼婦のようであり、五天位のひとりと名乗っても、いまいち真実味が感じられなかった。

「……とりあえず、お引き取り願いましょうか？　五天位かどうかはともかく、ドルセンの人間を城内に通すわけにはいかないので」

「ふふっ、融通が利きませんことね」

カーミラは扇子をふたりに向かって、そっとあおいだ。

すると、扇子の起こしたささやかな風が強烈な波動へと変わり、騎士たちの身体を吹き飛ばした。彼らはそのまま門に叩きつけられ、大きな音を立てて扉が開く。

「あら、ちょうど門が開いたわ。さすが門番ね」

　動けなくなったふたりを横目に、カーミラは城の中へと入っていった。

　城内では音を聞きつけて、警備していた他の青の騎士団の騎士たちがすぐに駆け付けた。

　カーミラは気にもかけずに、カツンカツンと音を立てて先に進む。

「おい、女！　何者だ!?」

　何人かの騎士たちが、カーミラの行く手に立ち塞がった。

　カーミラはまたも扇子を彼らに向かってあおぐと、その風が波動に変わって、騎士たちを弾き飛ばした。倒されたうちの何人かは、受けた衝撃のせいで血を吐いている。

「何だ、今のは？　魔法か？　囲んで討ち取れ！　先に行かすな！」

　さらに多くの騎士たちがカーミラを取り囲もうと動く。

　それを見たカーミラは扇子を持たない右手で、パチンと指を鳴らした。

　音と共に指先から風の刃が発生し、ひとりの騎士の身体を鎧ごと斬り裂いた。

「『ソニックブレード』だと!?」

　騎士たちに動揺が走った。『ソニックブレード』は剣技であって、魔法ではない。実際、カーミラが魔法を詠唱した素振りはなかった。魔法使いでないとすれば、この女は何者なのか？

　カーミラはパチンパチンと立て続けに指を鳴らした。

その度に、指を向けられた先の騎士が血まみれになって倒れた。

何人かの騎士がカーミラの死角から斬りかかったが、攻撃が上手く当たらない。避《よ》けられているわけではないのだが、剣がカーミラに届かない。

攻撃が空を斬った騎士たちは、至近距離からカーミラの反撃を受けて倒されていく。

こうして、ファルーンの王城は血に染まっていった。


行く手を阻むものがいなくなった城の廊下を、カーミラはカツンカツンと進む。

城の文官や侍女たちの多くは、この騒動で慌てて城から逃げ出した。

カーミラはそれには手を出さずに、玉座の間へと向かう。

「止まれ」

そこに盾と剣を構えた男が立ちはだかった。

青の騎士団を示す青い鎧を身に着けている。

「わたしは青の騎士団団長ブレッド。部下たちをやってくれたようだな、何者だ？」

少し癖のある短い茶色い髪に、同じく茶色の瞳。凛々しくも生真面目そうな顔立ちをしているブレッドは、相手の出方を窺《うかが》うように盾を構えた。

「……名乗られた以上は返さないわけにはいきませんね。わたしはカーミラ。ドルセン国・五天位の第三席です」

ふぅ、と息を吐いたカーミラは煩わしそうに答えた。

「無駄な抵抗は止《や》めて、道を開けませんこと？　わたしが用があるのはゼロス王ですの」

「五天位の第三席か。わたしとてハンドレッドの10位の座にある男。そう簡単には倒せると思わないことだな」

「辺境国のマイナーな騎士団の序列10位程度が偉そうなこと……」

カーミラがパチンと指を弾いた。

甲高い音を立てて、ブレッドの構えた盾が風の刃を防ぐ。

「……『ソニックブレード』？　あの動作で撃てるのか!?」

ブレッドはカーミラの攻撃に驚きつつも、慎重に間合いを窺う。

「あら、わたしの攻撃を防ぐなんて、ミスリル製かしら？　その盾」

カーミラも攻撃を防がれたことに、意外そうな表情を浮かべた。

「陛下から下賜《かし》された盾だ。その程度の攻撃は通らん！」

ブレッドの盾は円形でやや小さめだが、ミスリル製で魔法も付与されている強力な防具である。

マルスが魔獣の森で見つけたものだが、マルスを含め、攻撃一辺倒のハンドレッドのメンバーには盾を使う者が少なく、盾の扱いが上手いブレッドに渡された。

マルスとしては要らないから渡しただけなのだが、ブレッドはこれを大いに喜び、以来、この盾を家宝として愛用している。

カーミラは今度は扇子をあおいで波動をブレッドに叩きつけたが、これも盾によって防がれた。

「忌々しい盾だこと」

攻撃を防ぐと共に間合いをつめて剣を振るってきたブレッドに対し、カーミラは舞うように後ろへ飛ぶと、パチンパチンと立て続けに指を鳴らして、風の刃を幾重にも放つ。

それをブレッドは的確に防ぎ続けた。安定した防御、それが青の騎士団団長ブレッドの特徴である。

闘技場でも派手さはないが堅実な戦いぶりで、一部の玄人《くろうと》から評価が高い。

「守るだけでは勝てませんのよ?」

指から放つ風の刃に扇子からの波動も織り交ぜて、間断無く攻撃するカーミラ。

ブレッドは攻撃を防ぎつつも、腰を落として姿勢を低くすると足に力を溜めて、盾を構えたままカーミラに向かって跳躍した。

「防御だけと思うなよ！」

シールドバッシュという攻防一体となった剣技である。単なる体当たりではあるのだが、盾と自分を同一化し、全身に魔力を帯びて突進する強力な打撃技となっている。

だが、この攻撃はカーミラに当たらなかった。ブレッドはすり抜けるようにカーミラの側《そば》を通り抜ける。

「まだまだ！」

ブレッドは着地するなり、その反動を利用して、再びシールドバッシュを発動させた。

この連続攻撃こそブレッドの得意技であり、闘技場で何人もの相手を倒してきた。

ブレッドは床、壁、はては天井まで利用して、跳ね回る玉のように何度もシールドバッシュを試みたが、カーミラにはまったく当たらない。

「何故当たらん!?」

「奥ゆかしい方ね。女性と触れ合うのが恥ずかしいのかしら？」

困惑するブレッドを見て、カーミラは嗤った。

「でも飽きたわ。愚直なのはいいけど、物足りなさを感じる攻撃ね」

「なっ……」

私生活で似たようなことを言われた経験があるブレッドは一瞬言葉を失い、立ち止まった。

カーミラの姿が陽炎《かげろう》のようにゆらめく。

「色々と経験不足ですわね」

その声はブレッドの背後から聞こえてきた。

残像を利用した高速移動。

振り向きながらも即座に間合いを取ろうとしたブレッドだが、パチンという音と共に身体を斬り裂かれた。

III◆狂乱の皇女

ブレッドは『ソニックブレード』で身体を斬られながらもこらえて、カーミラとの距離を取った。

だが、受けたダメージは大きく、身体は血まみれ。剣を杖代わりにして何とか立っている状態だった。

「あれを受けて生きているとは、無駄に丈夫なんですね、あなた」

カーミラが呆れた顔をしている。

「……この程度の攻撃で死ぬようなヤツはハンドレッドにはいない」

「ここへ来る途中、わたしはあなたの部下を何人も殺していますよ？」

城の入り口の広間には、カーミラが倒した青の騎士団の団員たちの死体が大量に転がっているはずだった。

「死んではいないさ。そんなやわな鍛え方はしていない。あれで死んでいたら、ハンドレッドでは命がいくつあっても足りない」

ブレッドは荒い息遣いをしながらも、口元に微かな笑みを浮かべた。

ハンドレッドのメンバーが毎日食べるモンスターの肉は色々な種類があるが、どのモンスターの肉にも共通する効果が生命力を高めるという点だ。

人間をはるかに凌駕《りょうが》するモンスターの生命力が、人の身体にも備わるのだ。そのおかげで、ハンドレッドはギリギリ死なない程度の戦闘を日常的にこなすことができている。それはハンドレッドに所属する青の騎士団の団員たちも例外ではない。

「はぁ、強がりだけは大したものですね。あなたもその部下も無駄な戦いに命を賭けただけなのに」

カーミラが指を鳴らそうと構えたそのとき、ブレッドの背後にひとりの男が姿を現した。

「いやいや、無駄ではないですよ？　青の騎士団が時間を稼いだおかげで、わたしは間に合いましたからね」

「……どなた？」

その男は黒い髪を後ろで束ね、１枚の衣を腰に巻いた帯で留めた珍しい服装をしていた。柔和であまり冴えない顔立ちをしている。左手には長剣を鞘ごと握っていた。手首には腕輪がひとつ見える。

「ハンドレッドの4位、ヤマトです。ファルーンの剣術指南役をしております」

ヤマトは軽く頭を下げたが、目線はカーミラから離さなかった。

「先生……」

ブレッドはヤマトを見て、安心した表情を見せた。

「剣術指南役ねぇ。あまり強そうには見えませんけど。わたしは……」

「ああ、知っていますよ。カーミラ様ですよね。ドルセン国の『狂乱の皇女』として有名な？」

「はぁっ？」

カーミラの表情がピシッと固まった。

「ああ失礼。兄君が現国王となってからは、王族から五天位の第三席に格下げされたんでしたっけ？」

「………」

「ファルーン国では、あまり他国の情報は入ってこないので、他の人はあなたのことを知らなかったかもしれませんが、わたしは以前、剣術道場をやっていましてね、こういった話はよく入ってきたんですよ。どこの国の誰が強いかとかどうとか。だから、カーミラ様のお噂はかねがね知っておりましてね。一度お会いしてみたかったんですよね。

いやぁ、有名ですよ、カーミラ様は。先代ドルセン国王の末の姫君。ドルセン王家の血が強く出て、騎士としても魔導士としても強力だとか。ドルセン王家を担う人間として期待されながらも、自分の力を鼻にかけて我儘《わがまま》放題。気に入らない人間を簡単に殺してしまうので、ついたあだ名が『狂乱の皇女』。悪名が高過ぎて、他国の王家や臣下に婚姻を拒絶されて嫁ぎ先が見つからず、現ドルセン国王が仕方なく五天位に据えたとか」

「…………」

「何でも魔導士の修行も騎士の修行も嫌がった挙句、魔力があるのに魔法が使えず、才能があるのに剣術も覚えず、両方とも中途半端な魔剣士を名乗っておられるとか。それでいて強いから始末に負えないと評判だったんですよ。楽しみだなぁ、どんな技をお使いになられるので？」

「…………」

カーミラは俯いて小刻みに震えていた。

「どうしました？　寒いんですか？」

「先生、多分怒っているんじゃないかと……」

ブレッドが気まずそうに言った。場の雰囲気にいたたまれず、大分後ろに下がっている。

「……死ね」

カーミラは全身から魔力を漂わせて、バチンバチンと指を激しく鳴らした。

先ほどまでの『ソニックブレード』よりも大きく、魔力によって形がはっきりわかる風の刃がヤマトに殺到する。

ヤマトは一瞬で鞘から長剣を抜き放つと、目にも留まらぬ速さでそれを振るって、風の刃をすべて斬り伏せた。

「おお、これは凄い！　大分魔力に偏《かたよ》った『ソニックブレード』ですね！　発生源は指で鳴らした音波か何かですか？　それを無理矢理魔力で増幅させて、『ソニックブレード』に仕立て上げていると。

さすがですなぁ。でも威力だけなら魔法を詠唱した方が良い気もしますね。魔力を無駄に浪費しているし。いや、予備動作が小さい上に、魔法の詠唱を必要としないというのも利点かな？　ある意味、才能に胡坐《あぐら》をかいた、モノグサの極致みたいな技ですね？」

ヤマトは首をかしげて考えを巡らせている。

「殺す！　おまえは絶対に殺す！」

青の騎士団やブレッドと戦ったときの優雅な佇まいは消え失せ、カーミラは激高していた。

扇子を大きく振りかざして風を起こし、強烈な波動として幾重にも放つ。

ヤマトはそれは受けずに、跳躍し続けることで避けた。ヤマトの背後の石でできた壁や柱が波動の直撃を受けて粉砕されていく。

後方にいたブレッドも、その余波を必死で盾で防いでいた。

「今のは『アースブレイク』に似ていますね。扇子で起こした風を魔力でコーティングして衝撃波に変えているんですか？　なるほど。こんなのを喰らったら、青の騎士団の皆さんがやられるのも納得です」

「いや、先生、ここまでひどくありませんでしたよ？」

跳躍しながらカーミラの攻撃を冷静に分析するヤマトに、ブレッドが訂正を入れる。青の騎士団が受けた攻撃はもっと軽いものだった。

「おのれおのれ！　わたしをここまで侮辱したのは、おまえが初めてよ！　何よ、『狂乱の皇女』って！　そんなの初めて聞かされたわ！」

カーミラは右手で『ソニックブレード』、左手の扇子からは波動を放ち続けた。

対するヤマトも斬撃で『ソニックブレード』を対消滅させつつ、波動は身をかわすことで攻撃を凌《しの》いでいる。

「いや、わたしが言ったわけではありませんよ？　世間一般の評価です」

「なお悪いわ！」

埒《らち》が明かないと思ったのか、カーミラは扇子を畳んで握りしめた。すると扇子の先端から光が伸びていき、ちょうど刀身程度の長さになった。

「それは！　噂に聞いた魔法剣ですね！　魔力で刃を作り、剣の代わりにするとか。なるほど、その扇子の扇面には呪文が書き込まれていて、魔法使いの杖の代わりになっているわけですか」

魔法剣を初めて見たヤマトは、喜びを隠せなかった。

だが、カーミラが見せたのは魔法剣だけではなかった。碧眼だった瞳が、朱色へと変化する。

「身体が……重い？」

後ろで戦いを見ていたブレッドが身体の変調に気付く。

「まさか、これは……魔眼？」

当然、ヤマトも異変に気付き、その原因がカーミラの眼《め》にあることを看破していた。

「褒めてあげるわ、わたしにここまでさせるなんて。わたしの魔眼を見て生きている者は、五天位の筆頭くらいのものよ。まあ、あなたたちはこれから死ぬんだけど」

（それって、とばっちりでは？）

とブレッドは思った。

「これはグラビティですか？　効果は2倍程度といったところですかな」

自分の重さに耐えかねて、膝をついたヤマトは感心したように言った。

「そうよ？　魔眼といっても大したことはないけど、剣士にとっては致命的でしょう？　普段の動きができなくなるのだからね」

「そのようですね。確かにこれはなかなか厳しい」

言いながら、ヤマトは手首から腕輪を外した。例の囚人用の腕輪である。

「では死になさい」

カーミラが魔法剣を振り上げると、その身体が陽炎のように揺らめいた。次の瞬間、ヤマトの側面に現れて、その首めがけて魔法剣を振り下ろす。

ヤマトはそれを剣で受けると、身体を横に逸らし、受けた反動を利用して剣をくるりと回して、カーミラに斬撃を放った。

が、剣はカーミラの身体をすり抜けるように空を斬る。

「……当たらない？」

「何で動けるのよ、おまえは！」

反撃に驚いたカーミラは、またも身体を揺らめかせて、一瞬でヤマトとの距離を取った。

「いやいや、素晴らしいですね、カーミラ様は！　今のは幻影呪文と剣技の移動スキルを組み合わせ、あたかも瞬間移動したように見せかける技ですね！　これは良い！　魔剣士といっても、大分魔法使い寄りではないかと思っていましたが、今のは剣士らしい動きでしたよ！」

「……おまえに褒められてもうれしくないわ。それよりも、何でわたしの魔眼を見たのに、動きが鈍っていないの？　答えなさい！」

カーミラの問いは貴族らしい高慢な物言いだったが、気にすることなくヤマトは答えた。

「ああ、腕輪を外しましたので」

「腕輪？　それ？」

ヤマトの側に落ちている腕輪を、カーミラは一瞥《いちべつ》した。

「ええ、これです。これは囚人用の腕輪でして、着けるとグラビティ2倍の効果が身体にかかるんですよ。さきほどは魔眼の効果で合計4倍になってしまい、さすがに身体がきつかったのですが、腕輪を外してしまえば問題ありません」

「……囚人用の腕輪？」

「はい。ゼロス王が実践されているトレーニング方法でして、ハンドレッドの上位陣は大体着けていますね。陛下に至っては、より効果の大きいものを着けていまして、その偉大さが窺えるというものです」

ヤマトはうっとりとした表情を浮かべている。そこには主君に対する狂信的な忠誠が垣間見えた。

「あなたたちは囚人用の腕輪を着けて日常生活を送っているの？」

「ええ、日々の生活で身体を鍛えられるなんて素晴らしいでしょう？」

「頭おかしいんじゃないの？　どうかしているわ！」

ここに至って、カーミラはこの男たちの異常性を認識した。『ソニックブレード』の直撃を受けても死なない身体、囚人用の腕輪を着けて送る日常生活。ドルセン国の、いや世間一般の常識とはかけ離れている。

「我々は剣に生きる者でして、まあどうかしているのでしょうな。ですが、この生き方こそ我々が求めているものなのですよ。力こそすべて。その頂点に位置するのがゼロス王。残念ながら、あなた程度がかなう相手ではありません。ちなみに留守です」

「……留守？」

「はい。ハンドレッドの上位陣を含めて、今は闘技場のほうにいらっしゃいます。カーミラ様は運が良い。陛下やオグマ殿たちがいたら死んでいたかもしれませんよ？　あの人たちはわたしほど優しくはないので」

「じゃあ何でこいつらはわたしの行く手を遮ったのよ！」

カーミラはブレッドを指差した。

「留守を預かる者として、騎士として、賊の侵入を許すのは不名誉の極み！　当たり前だ！」

ブレッドがカーミラを睨みつけた。

「はぁ、何だか馬鹿らしいわ。もう帰ろうかしら」

話を聞いてカーミラは大分やる気を失っていた。

「いや帰しませんよ？」

ヤマトが剣を構え直した。

「えっ？」

「わたしはガマラス宰相の指示で、あなたを捕まえるように言われているのです。ガマラス宰相も、カーミラ様のことをご存じでして、侵入者があなたであることはすぐにわかったようです。で、一応、王族であるカーミラ様を殺すのも不味いので、生け捕りにする指示をわたしに出したと、そういうわけです」

「生け捕り？　わたしを？　舐められたものね。わたしは傷ひとつ負っていないわよ？」

カーミラは嫣然《えんぜん》とした笑みを浮かべた。が、内心は冷や汗を流している。ハンドレッドが、目の前のヤマトという男が底知れない。

「ええ、わたしも先ほど攻撃してみて驚きました。捉えたはずの一撃がすり抜ける。あれは不思議ですね。ですからまあ……」

ヤマトが剣を構える。

「個人的にも帰すわけにはいかなくなったと、そう思ったところです」

Ⅳ◆意外な処遇

生まれたときからカーミラは選ばれた存在だった。

末の姫とはいえ王族であり、魔法と剣の才能に恵まれ、なおかつ魔眼持ちである。

物心ついたときから大人に負けない力を持っていたのだから、人の言うことなど聞くはずもない。

成長するにつれて、両親や上の兄弟たちよりも自分のほうが強いということに気付いてしまったため、より増長するようになり、「自分こそがドルセン国の王にふさわしい」と思うようになった。

突出した才能があったために初陣も早く、戦場においては、いくつもの戦功を積み上げた。

敵の兵力が１００人程度であれば単独で殲滅《せんめつ》できたため、敵味方からは畏怖の目で見られた。

ただ、指揮官の言うことをまったく聞かず、独断専行と敵兵の虐殺も繰り返したため、『狂乱の皇女』という二つ名で呼ばれるようになった。もっとも、本人の前でそんなあだ名を呼んだら何をされるかわかったものではないため、カーミラ自身は知らなかったわけだが。

そして、動乱期ならともかく、比較的安定している現在において、王に求められるのは政治的な手腕である。単に強いだけで人の言うことに耳を貸さず、性格に難のあるカーミラが跡継ぎになれるはずもない。ドルセンの王の後継者には一番上の兄がすんなり収まった。

国王となった兄は、カーミラの王族としての地位を剥奪し、代わりに五天位・第三席の地位を与えた。これは王位継承にあたって、カーミラが「自分に王の地位を譲れ」と父王と跡継ぎの兄に脅迫まがいのことをしでかした罰と、それでも戦力としては使いたいという打算が入り混じった処置であった。

当然、カーミラはこの処置に不満があったが、人望がまったく無かったために、自分に付く人間がおらず、どうすることもできなかった。彼女に軍事的なセンスがあったのなら、軍部が後ろ盾になったかもしれないが、単騎性能だけが高く、戦略や戦術を理解しようとしないカーミラは軍人たちの受けも悪かった。

そんなときに起こったのが、ブリックスの戦いである。躍進しつつあるファルーンとそれを押さえつけようとするドルセンが戦い、ドルセンが前代未聞の大敗北を喫したのだ。

これにカーミラは喜んだ。軍部の中でも最も自分を評価しなかったキンブリー将軍が戦死し、自分よりもはるかに弱いくせに同列の五天位の座についていたマテウスとダンテが討ち取られたのだ。喜ばないはずがなかった。

聞くところによると、現在のファルーンには、強さが序列に直結するハンドレッドという組織があり、国王のゼロスはその頂点に君臨しているという。

ならば、自分がゼロスを倒せばハンドレッドの頂点に立ち、ファルーン国の王にもなれるのではないかとカーミラは考えた。

女王、それこそがカーミラにふさわしい称号である。

しかも、ドルセンを破ったファルーンを乗っ取れば、ドルセンの人間も自分のことをこぞって称えるに違いない。そうすれば、ドルセンの王位も自分のものになるのではないかと、カーミラは夢想した。

ドルセン、ファルーン、カドニア3国の女王である。

無駄に行動力があったため、カーミラは夢想しただけでなく実行に移した。周囲が止めるのも聞かずにファルーンへやってきて、王城へと乗り込んだのだ。


そして今に至る。

目の前にはヤマトという男が立ちはだかっていた。

カーミラの攻撃はことごとく防がれていた。しかも攻撃するごとに、こちらの手の内を明かされていく難敵である。非常に不味い状況だった。

カーミラは人の言うことなどまったく聞かない傍若無人な女ではあったが、自分の直感は信じていた。本当に危険な場面では、その直感に従うことで切り抜けてきたのだ。

その直感が「この男は危険だ」と告げている。

（この男にはわたしの攻撃が通じない。どうしたものかしら）

ヤマトと対峙しながら、カーミラは焦っていた。このような経験は五天位筆頭の座をかけて戦ったとき以来のことだ。

「では参りますぞ」

剣を構えたヤマトが動く。カーミラはカツンカツンとヒールの音を立てて、後ろに下がりながら魔法剣を構えた。

間髪入れずに、ヤマトは滑るように間合いを詰め、同時にカーミラの肩から脇の下を斬り裂く一撃を振るった。

それは避けようのない必殺の攻撃である。

しかし、当たらない。カーミラはその攻撃をすり抜けると、魔法剣を振るって反撃を試みた。

ヤマトはそれを簡単に剣で受けると、すぐに攻撃に転じて、立て続けに剣を振るった。

剣筋が残像となって、複数の斬撃を一瞬のうちに放つ『ミラージュソード』である。

そのすべてがカーミラを捉えているのだが、なぜか剣はかすりもしない。

だが、カーミラも必死になって避ける素振りを見せていた。履いているヒールが石の床を何度も叩いて、甲高い音を鳴らしている。

そして魔法剣を振るって波動を放つと、ようやくヤマトとの間合いを取ることに成功した。

「なるほどなるほど、わかりました」

ヤマトのその言葉に、カーミラの表情が曇る。

「その白いドレス、戦場には似つかわしくないと思っていましたが、視覚の認識を阻害する効果がありますな。古い書物に、暗殺除《よ》けのドレスの記載があったのを思い出しました。魔法による結界の一種で、こちらの視認を誤らせる効果があるとか。ですが、それだけではここまで完全に攻撃を防ぐことは不可能」

図星をつかれたカーミラは唾を呑み込んだ。

「その踵《かかと》の高い靴が鳴らす音。ずっと、その音に妙な違和感を覚えていたのですが、その靴も魔道具ですな。恐らくその音は聴覚に働きかけて平衡感覚を狂わせることで、こちらの目測を誤らせる効果があるのでしょう。ドレスと靴、ふたつの効果が合わさることで、その不可視の防御が完成するわけですか」

すべて見抜かれた。ついでに言えば、ドレスとヒールで心理的に相手を油断させる効果もカーミラは狙っている。

「淑女の秘密を暴こうなどと、ファルーンの人間は無粋《ぶすい》なのね」

　カーミラはあくまでも平静を装う。

「でもわかったところで、この効果は防げませんわ。目と耳を使わずして戦うことなどできるかしら？　広範囲魔法を使える魔導士ならともかく、剣を振るうしか能のない騎士がわたしに勝てると思って？」

「いやいや、目と耳を使わずに戦うことはできますよ？」

　平然とヤマトは答えた。

「――えっ？」

「気をつかむ、という奥義があるのですよ。ゼロス王が体得されていたスキルでして、死に至るような攻撃を何度も受けることで本能が研ぎ澄まされ、そのうち相手の気配を察することができるようになるのです。逆に言えば、相手の気配を察して攻撃に転じることもできるわけです。欠点としては、何度も死にかけなければならないのですが、まあこの技を習得するためなら大したことはありません」

「はい？　死なないための技を、何度も死にかけて習得する？　あなた、それ論理的に破綻していませんこと？」

「論理ではないのです。すべては強くなるため、その一点を追い求めているのです。そのためには死すら厭《いと》わない。我々はそういうものなのです」

カーミラは恐怖した。駄目だ、こいつらは駄目だ。人として大切な何かが欠けている。ハンドレッドは狂人の集団だ。ファルーンなどという国には関わってはいけなかった。ここに来たこと自体が間違いだったのだ。このままでは殺されてしまう。

「待ちなさい。わたしを殺すつもり？　わたしはドルセンの王族よ！　おまえ如きの平民が手に掛けるなどと……」

「先ほども申しましたが殺すつもりはありません。ガマラス宰相からも生け捕りにするよう言われていますからな。ただ……」

ヤマトは柔和な表情を崩さず言った。

「今まで生かして捕らえるという中途半端な剣を振るったことがありませんので、上手く手加減できずに殺してしまったときは謝ります」

「謝って済むわけがないでしょ!!」

絶叫するカーミラをよそに、ヤマトはそっと目を閉じると、カーミラの気配を掴んで静かに剣を振るった。

闘技場から城に帰ってきたら、城の壁や床や柱が派手に破壊されていて、玉座の間には縄でぐるぐる巻きにされた上に猿ぐつわをかまされている女性が転がっていた。何故か裸足《はだし》である。よく見ると結構な美人だ。

「……この人、誰？」

ニコニコしているガマラスとヤマトに尋ねた。

その隣にいるブレッドは目を伏せている。

「客人です。陛下に用があるとのことで参られました」

ガマラスがにこやかに答えた。

「そんな予定あったか？」

今日の予定は闘技場の試合だけだったはずだ。

というか、僕を客が訪ねてくることなど、ほとんどないのだが。

「ありません。この方が勝手に参られたのです」

「で、誰？」

「ドルセン国のカーミラ元皇女殿下です。現在は五天位の第三席であられます」

あー聞いたことがあるな。『狂乱の皇女』として悪名高いアレか。昔は雷帝フラウとかと共に次代の英雄候補として取り沙汰されたが、性格が悪過ぎて嫁の貰い手がおらず、今では『ドルセンの不良債権』って言われていたような。

「何しに来た？」

「はい。要約しますと、陛下を倒してハンドレッドの頂点に立ち、ファルーンの王になろうとしたようです」

……それって、面会者じゃなくて襲撃犯なのでは？

「それで？」

「はい、ガマラス宰相の要請を受けまして、わたしが対応させて頂きました」

ヤマトがすっと頭を下げて答えた。対応……拘束して床に転がしている状態を対応というのだろうか？

まあ、ロクでも無い用件で来たみたいだから良いんだけど。

カーミラは猿ぐつわをされたまま、僕のほうを見てウーウー唸っていた。怒っているんだろうか？　噂通り気が強そうな女だ。

「どうするつもりだ？」

他国の王族など扱いに困る。とっととドルセンに送り帰すのが面倒が無くていいが、ガマラスは人質として利用するつもりなんだろうか？

「鍛えようかと思います」

ヤマトが満面の笑みで答えた。

「はっ？」

「カーミラ様は今まで才能に任せて修練を怠ってきた様子。これはもったいない、天下の損失です。ハンドレッドで鍛え上げれば、もっと強くなれること間違いございません。幸いにも、陛下に挑戦してハンドレッドのトップに立とうとしたということは、ハンドレッドに入ったも同じこと。わたしの下でみっちりと修行して頂こうかと存じます」

いや、絶対同じことじゃないだろ？

床に転がっているカーミラもムームー言いながら、激しく首を横に振っている。

「まずはモンスターの肉に身体を慣らすところから始めていただいて、それが終わったら魔獣の森の深部に置き去りにして、生きて帰ってくるのを待とうかと考えています」

……それは修行じゃなくて拷問の間違いじゃないか？

魔獣の森の深部など、ハンドレッドでも上位陣でなければ生きていけない魔境である。

修行というより流刑に近い内容を聞かされたカーミラも白目をむいていた。ブレッドが気の毒そうにそれを見ている。

「いや、カーミラを強くしたところで敵国の王族だぞ？　また敵になるかもしれない人間を鍛えてどうする？」

「陛下、我々ハンドレッドのメンバーはみな例外なく陛下に心から忠誠を誓っております。つまり、ハンドレッドに入ってしまえば陛下の偉大さを知り、自然と心から敬服するようになるのです。カーミラ様とて、そうなることでしょう。何の心配もございません」

そんなわけないだろ!? ハンドレッドでは洗脳教育でも行っているのか？ 僕は曇りなき目で見つめてくるヤマトが怖くなってきた。

「……ガマラス、おまえはどう思う」

ハンドレッドに所属していないガマラスに意見を求めることにした。

「はっ、ヤマト殿の言い分はともかくとして、ファルーンでカーミラ様の身柄を預かるのは悪くないかと」

「何故だ？」

「現状、ドルセン国は敵国です。カーミラ様を生きて帰せば、ドルセンの戦力として脅威となりましょう。さりとて、王族の地位を剥奪されているとはいえドルセン王に連なる者を殺してしまえば、それはそれで問題となりましょう。

その点、ファルーンで身柄を預かってしまえば、こちらの戦力の増強となりますし、ドルセン国への牽制にもなります」

そんなもんかな？　まあ、ヤマトよりはまともな意見と言えた。

床ではカーミラが、発情期のワームみたいに激しくのたうち回っている。多分、自分の意思を無視して進んでいく話に抗議しているのだろう。

その気持ちわかるなぁ。だって、こいつら人の話を聞かないんだもん。

「身柄を預かるといったが、具体的にはどうするつもりだ？　人質か？」

「いえ、陛下が娶《めと》られればいいのです」

……えっ？

V◆王妃の戦い

娶る？　僕が？　ドルセンの不良債権を？

カーミラと目が合ったが、微妙な顔をしていた。まあ、僕も似たような顔をしているのだろう。

「いや、わたしは既に結婚しているぞ？」

「国王なのですから、妃は何人いても問題ありません」

ですよね。まあそう言われると思っていた。

「しかし、フラウは臣下の娘で、カーミラは王族の姫。フラウが王妃のままでは釣り合いが取れまい。だからといって、フラウを第二妃に落とすつもりはないぞ」

僕が王位に就く前も後もフラウは多大な貢献をしているし、蔑《ないがし》ろにできる存在ではない。性格には色々と問題はあるものの、個人的にもフラウを王妃から外すということは受け入れがたい。

周囲の連中は僕のことを勘違いしていることが多いが、フラウだけは僕のことを理解した上で側にいてくれる唯一の存在なのだ。

……まあ、魔法で四六時中監視されているので、理解できていないはずがないのだが。

「そのへんは大丈夫でしょう」

ガマラスは断言した。

「ドルセンでもカーミラ様のことは持てあましていましたし、先の戦いではこちらが勝っているので、その程度の譲歩はしてくれると存じます。むしろ、『ドルセンの不良債権』を引き取ってあげるのですから、感謝されてもいいくらいでしょうな」

カーミラが文字通り目の色を変えて、ガマラスを睨みつけた。

視線に気づいたガマラスは前かがみに倒れこみ、苦悶の表情を浮かべて地面に這いつくばる。

え？　そこまで圧が強い視線なの？

「あっ、しまった。魔眼のことを失念しておりました」

ヤマトが細長い布を取り出すと、カーミラの頭に巻きつけて目を隠した。

すると、ガマラスがぜーぜー息を切らしながら、ゆっくり立ち上がった。

「何だ、今のは？」

「はい、カーミラ様は魔眼持ちでして、見た者を『グラビティ』状態にすることができます」

何それ？　そんな物騒な女と僕は結婚しなきゃいけないの？

「魔眼持ちで城に殴りこんでくるような女を妃として迎えるのは、リスクが高いのではないか？」

「大丈夫でしょう」

ヤマトが断言した。

「現在の王妃はあのフラウ様なのですよ？　魔法のためなら人道を顧みないフラウ様と比べたら、それくらい何ともないではありませんか」

……あ、はい。そうですね。

「いや、先ほどはわたしの失言でした。カーミラ様にはとんだご無礼を……」

服についた汚れをはたいたガマラスが、床に転がっているカーミラに失言を詫びた。

えっと、フラウに対しても謝ってくれるかな？　あれでもこの国の王妃なんですけど？

僕の抗議の視線には気付かず、ガマラスは続けた。

「メリットは他にもあります。現状、ドルセン国とは敵対関係ですが、この状態は双方にとって望ましくありません。敗戦で兵力を失ったドルセンは、南方に兵を回すほどの余力は無く、ファルーンとしましても、カドニアが安定するまでは徒《いたずら》に事を構えるのは得策ではございません。

わたしが集めた情報によりますと、ドルセン王はファルーンと和睦する意志があるようです。

ただ、その際に賠償金を払うのは大国として体面が悪く、国内の調整に手間取っている様子。そこで陛下とカーミラ様の婚姻となれば、持参金という形で体面が整い、賠償金を払いやすくなるでしょう。また、陛下とドルセン王が義理の兄弟という関係性となり、両国の緊張緩和が図れます」

「なるほど」

それは確かに悪くない。別に僕は戦争がしたいわけではないし、現状国境が接しているのはドルセンだけなのだから、友好関係を結ぶことができれば平和に暮らしていける。

「また、陛下とカーミラ様の間にご子息ができた場合、ドルセンの王位を継承することが可能となるはずです。将来的な布石として悪くないかと」

その言葉にカーミラが反応した。自分の子供がドルセン王になれる可能性があることに魅力を感じているのかもしれない。僕としては、どうでも良い話だが。

ただまあ、ファルーンとしてメリットの多い婚姻であることはわかった。あとはドルセンが本当にこの話を受けるかどうかだが、その前にやるべきことがある。

「婚姻については、フラウに話を通しておきたい」

本来的には話す必要はないかもしれないが、黙って妻を増やすというのも気が引ける。

すると目の前の虚空が光を放ち、そこからフラウが姿を現した。床に転がっているカーミラ

が目を見開いて驚いている。こんな簡単に魔法で転移してくるヤツなんか、滅多にいないからな。

「聞いていた」

いつも通り、フラウは淡々としている。

契約紋を通じて話を盗み聞きしていたのか。よく考えれば、こんなに人のプライバシーを無視しているヤツに、配慮をする必要なんか無かった気がする。

「特に問題ない」

フラウはあっさりと僕とカーミラの結婚を認めた。なんか、それはそれで寂しいものがあるな。もっと嫉妬とかして欲しいところだ。

じゃあ、あとは当人の問題か。

「カーミラ本人の意思を確認する。拘束をすべて解いてやれ」

王族として政略結婚は当たり前だが、僕としては無理矢理結婚するというのは好きではない。

本人がどう思っているか知りたかった。

「はっ」

ヤマトは鞘に納められていた剣を抜くと、一瞬で拘束していた縄と猿ぐつわ、それに目隠しを断ち切り、パチンとまた剣を鞘に戻した。

……いや見事だけど、危なくない？　手で外してあげようよ。

拘束を解かれたカーミラは、手首についた縄の痕を気にする素振りを見せてから、僕のほうを向いた。

改めて見ると、ウェーブのかかった長い紫の髪に白い肌、目尻は下がり気味で、なかなかの美人である。スタイルも良くて艶めかしい。

「話は聞いていたな、どう思う？」

「ドルセン王が許可すれば、わたしは臣下として、それに従うまでのこと」

意外と殊勝なことを口にした。

「ただ、ひとつ条件がありますわ」

「何だ？」

「わたしは自分よりも弱い者の下にいたくありませんの」

「ほう」

僕と勝負がしたいということだろうか？

「なので、正妃の座をかけて、フラウ様と勝負させて頂きたいのですわ」

カーミラがフラウを睨みつけた。

「何？」

何で正妃の座をかけて戦いが始まるんだ？　こいつはファルーンという国を何だと思ってやがる。我が国は平和で立派な法治国家なんだぞ？

戦いによって地位が決まるとか、そんな無法がまかり通るわけがないだろうが。

「待て、カーミラ。自分が何を言っているのかわかっているか？　我が国ではそのようなことは……」

はい？

「すべて力で決まるのですよね？」

「聞いております。ファルーンという国は力がすべてだと」

そんなわけないだろう！　中央出身だからといって、田舎を馬鹿にしているのか？

僕はガマラスを見た。こいつは人生を懸けて法改正を推し進め、今やファルーンを中央にも引けを取らない最先端の法治国家にした男だ。

カーミラの誤った認識を正してくれるに違いない。

「ガマラス、何か言うことは無いか？」

「はっ、カーミラ様の仰ることももっともかと」

「えっ？」

ガマラスはあっさりカーミラの発言を認めた。

「ファルーンは陛下の武勇によって成立している国家です。わたしも法を整備し、法による統治を目指しておりますが、それも背後に陛下の武勇があってこそのもの。力が無くては誰も法を守りますまい。しかしです。恐れながら陛下は不老不死ではありませぬ。いつかは亡くなられる日が来るわけです。であれば、次代の王にも力が求められるのは必定。当然、王妃様にも力を持つ方が望ましいと存じ上げます」

「いや、おまえ、さっきまで王妃はフラウで良いと……」

「はい。先ほどは陛下の真意に気付かず、申し訳ございませんでした。陛下はこう言いたかったわけですね。身分によってフラウ様を第二妃に落とすつもりはない、と。あくまでも力によって決めるのだと」

どこをどう曲解したら、そんな結論になるんだよ!?　勝手に僕の心を翻訳するんじゃない！　しかも誤訳しているし！

僕は救いを求めて、今度はヤマトとブレッドのほうを見た。

こいつらは脳筋揃いのハンドレッドの中においては良識派に属する。きっとまともなことを言ってくれるに違いない。

「ヤマト、ブレッド、おまえたちの意見も聞いておこうか」

「恐れながら陛下」

ヤマトが恭《うやうや》しく口を開いた。

「確かにフラウ様は強力な魔法使いなれど、戦士ではございませぬ。一方、カーミラ様は戦士としても魔法使いとしても高い力を持っているご様子。カーミラ様との間に生まれたお子様のほうが戦士としては優秀かもしれませぬ。ここはひとつ、その可能性も考慮してチャンスを与えるのも悪くはないかと」

……こいつは人の子供を何だと思っているんだ？　馬の血統か何かと勘違いしてないか？

しかも目がとても真剣で怖いんですけど。

「陛下」

ブレッドが跪《ひざまず》いた。

「力こそすべて。それがハンドレッドの理念であることは、わたしも承知しております。今更常識を唱えて反対する気はございませぬ。皆、陛下のなされることに間違いが無いことなど承知しております。どうか、意のままに」

ああ、駄目だ。真面目なだけに、ハンドレッドのいかれた思想を真正面から受け止めてしまっている。頼むから、常識的なことを言って反対してもらえないかな？

最後はフラウと目を合わせた。

「がんばる」

……うん、そう言うと思った。

いつも通り表情に乏しいが、喜んでいるのが何となくわかる。

こいつはある意味、ハンドレッドよりもハンドレッドらしいヤツだからな。

というわけで、僕以外の全員の意見が一致し、何故か王妃は戦って決めることになった。王様である僕の意思とは無関係に。

ただフラウは、カーミラが負けた場合、自分のことを「お姉さま」と呼んで敬うという条件を追加してきた。

……何？　その条件。

よくわからないが、一人娘だったフラウは実は妹が欲しかった、というより、お姉さんになってみたかったらしく、勝負にかこつけてカーミラを妹分にするつもりらしい。

意外と人間らしい一面がフラウにもあったものだ。

色々とおかしなことになってはいたのだが、実務家のガマラスはその場で手早く話をまとめると、今度はドルセン国との交渉に移った。

事前に魔法の通信でドルセン側に話を打診したようだが、ガマラスの予想通り、向こうの感触も悪くなかったようだ。

「え？　あれを引き取ってくれるんですか？」みたいな感じらしい。

ただ、フラウとカーミラが王妃の座を賭けて戦うということについては、理解してもらうのに苦労したみたいだ。

最終的に「ちょっと何言っているかわかりませんが、好きにしてください」的なニュアンスのことを丁寧に言われて、承諾してもらったとのこと。

その後、正式な外交ルートで事実上の和睦となる婚姻の話はすんなり受け入れられ、婚姻が本決まりとなった。

さらにガマラスは『正妃の座をかけた頂上決戦　雷帝　対　狂乱の皇女』と銘打って、勝負を闘技場で行うことを提案してきた。

さすがにそれはどうかなーと思ったけど、「国庫が潤います！」とガマラスに迫られて渋々了解した。金のことを言われると弱い。

カーミラはカーミラで国元と連絡を取って、様々な武器・装備を持ってこさせたらしい。

恐らくは対魔導士用の装備も含まれているのだろう。カーミラは勝つ気満々だ。

今は連れてきた侍女たちと共に、城の中の大きな部屋を占拠して、勝手に模様替えをしてくつろいでいる。なかなか神経が太い。

僕としては、もう少しおしとやかな女性が好みなのだが……。


「大丈夫なのか？」

勝負の前日、寝室でふたりきりになったところで僕はフラウに聞いた。

「楽しみ」

人形のように表情は変わらないが、顔にほんのり赤みが差していたので、多分本当に楽しみなのだろう。ちょっと理解できない感覚だが。

「念のために言っておくけど、殺しちゃ駄目だからな？」

そう、別に僕はフラウのことを心配して「大丈夫なのか？」と言ったわけではない。カーミラの命のほうを心配して聞いたのだ。

ヤマトから聞いた話では、そこそこ腕は立つらしいから、「手加減できなくて殺しちゃった」なんてことになったら、たまったものではない。またドルセンと戦争になってしまう。平和主義者の僕としては、そういった事態は避けたいところだ。

「大丈夫。妹にするから」

それって、魔法で洗脳をかけるとかいう意味じゃないよな?

……まあいいか。命が無事なら。

こうして決闘の日を迎えた。闘技場は始まって以来の超満員である。

一応、婚姻の儀のイベントの一環という位置づけなので、ドルセン王も招き、僕と一緒に貴《き》賓《ひん》席で勝負を観戦することとなった。

ドルセン王はカーミラと同じく紫の髪の色をしており、目尻も下がり気味で、それなりに似ている兄妹だった。ただ、僕やカーミラより10ほど年上であり、髭をたくわえた威厳がある顔立ちをしている。

実に王様っぽい。よく考えたら、この人は一応僕の義兄になるのか。

ドルセン王は護衛として五天位筆頭のジークムンドを連れてきていた。顔に大きな傷のある壮年の男で、背中に大剣を背負っている。『竜殺し』として知られるSランクの元冒険者でもある。

ジークムンドは値踏みするように、僕やハンドレッドのメンバーに目を走らせていた。

ドルセン王は僕と会うなり、

「ファルーンの文化は、我々の常識の範疇《はんちゅう》を超えたところにあるのだな」

と嫌味を言ってきた。きっと今日の決闘のことを指しているのだろう。

臣下たちの手前、「僕もそう思います」とは言いづらい。

そもそも決闘の提案をしてきたのはカーミラなんだけど、闘技場で大々的に開催した挙句、賭博《とばく》の対象にまでなっているのは、こっちの仕業である。

なので、笑って握手して誤魔化した。


今回のイベントで計上された賭け金は、これまた闘技場始まって以来の最高額である。

オッズ的にはフラウが優勢だが、胴元はどう転んでも損しない仕組みになっている。ガマラスはほくほく顔であった。

そんなやり手のガマラスさんがいきなりフラウとカーミラを戦わせるはずもなく、その前にいくつか前座の試合を組んでいた。

何故か僕も出場予定である。

……やっぱり冷静に考えるとおかしくないか？

自分の義兄となる国賓を前に、何で戦わなきゃいけないいんだ？

しかも、ドルセン王の妹と自分の奥さんの決闘の前座として。

ファルーンって、何でも力で解決するような頭の悪い国だと思われてしまうのでは？

ここは、ファルーンという国家がそれなりに話の通じるまともな国であるという体面を保つためにも、僕の試合はキャンセルすべきだろう。

そう思ってガマラスの姿を探したのだが、とても忙しそうにしていた。普段何もしていない身としては声をかけづらい。

結局、そうこうしている間に第一試合が始まった。


闘技場の中央で対峙しているのはワンフーとジュウザである。

ワンフーはハンドレッドの中でも古参であり、常に20位前後のランキングを維持している禿《とく》頭《とう》の巨漢。武器はブラッディロッドという特殊な棍棒を使用している。

一方のジュウザは、最近ランキングを駆け上がってきている期待の若手。片手、もしくは両手で剣を使うオーソドックスなスタイルだが、素早く柔軟性のある戦い方をする。

その試合展開は、素早さを売りにしているジュウザがワンフーに細かくダメージを与えていくのに対して、ワンフーは耐えながら大きな一撃を狙う形となった。

「あの若い戦士はなかなかの腕だな」

ドルセン王がジークムンドに話をふった。

「左様ですな。素早さだけなら、かなりのものかと。あの巨漢の戦士との相性も良いでしょうな」

ジュウザはジークムンドからもまあまあの評価を得ているようだ。

とはいえ、ワンフーも馬鹿ではない。こういう戦い方は何度も経験している。多少の手傷では怯《ひる》むこともなく、徐々にジュウザの剣をブラッディロッドでさばき始めていた。

見た目から勘違いされやすいのだが、ワンフーは決して鈍重な戦士ではない。確かに力に偏重はしているが、それなりに動けるし、棒術のキレはかなりのものだ。

今あまり動いていないように見えるのは、体力を温存しているためである。

しかも、ブラッディロッドは血を吸収して、傷を癒す効果を持っている。ワンフー自身の傷から血を吸収して傷を癒すこともできるので、傷を負っているように見えて、実はほとんどダメージが無い状態なのだ。

……なんかそう思うと、ワンフーって人間っぽくないな。見た目も含めて。

「あのふたりは我が国だと、どの程度のレベルにあたる？」

興味深く戦いに見入っていたドルセン王がジークムンドに尋ねた。

「そうですな。五天位の候補くらいにはなれるかもしれませぬ。我が国の上位10名の中には入るかもしれませぬな」

「マルス殿」

ドルセン王が僕のほうに顔を向けた。

「あのふたりは、ファルーンだと何番目くらいの強者にあたるのかな？」

「20番とか30番くらいですかな」

ランキングが付いているんだから、そのままである。

「ふぅ、まったくマルス殿も負けず嫌いなことだ。あのふたりはファルーンでも1位2位を争う勇者だろうに」

ドルセン王は呆れたように肩をすくめた。

何言っているんだ、この人？


試合のほうはというと、段々とジュウザの動きが鈍くなってきた。ずっと動き回っているので、体力的に限界が近づいてきたのだろう。あと、攻撃を当てているのに、まったくダメージを負っている様子のないワンフーに、精神的なストレスを感じているんだろうな、あれは。

多分、最初は「いけそうだ！」とか思っていたもんだから、余計に疲れを感じているのだろう。強いモンスターと戦っているときには、よくあることだ。

その疲れをワンフーは見抜いている。伊達《だて》に長いことハンドレッドで戦ってきているわけではない。慌てず焦らず、獲物をじっくりと精神的にも肉体的にも追い詰めているのだ。

そして、ワンフーのブラッディロッドがジュウザを捉え始めた。あの重たい攻撃は受けることも受け流すことも難しく、着実に相手の体力を削っていく。

その攻撃を受け切れずに、とうとうジュウザの身体がよろめいた。そこにすかさずワンフーがブラッディロッドを振り抜く。

防御しようとした剣を弾き飛ばされ、ジュウザの身体は綺麗な放物線を描いて宙に舞った。実に痛そうだ。

「あれは死んだのでは!?」

ドルセン王がドン引きしている。

「恐らく死にましたな」

ジークムンドのほうは幾分冷静だが、それでも腰を浮かせて、闘技場の地面に弾んだジュウザのことを凝視していた。

「ご心配なく。生きていますから」

あまり驚かせるのも悪いので、心配ないことをふたりに伝えたが、「正気か、こいつ」みたいな目で見られた。悲しい。

確かにジュウザの身体はちょっと歪《いびつ》な感じに折れていて、結構な量の血を吐いているが、この程度のことは闘技場ではよくあることだ。

ワンフーの勝利が宣言された後、すぐに僧侶のルイーダが飛んできて、回復魔法を唱え始めた。神の奇跡を流れ作業のようにこなせるのは、世界広しと言えどもルイーダくらいなものであろう。

変形していたジュウザの身体は回復魔法の光に包まれると、すぐに正常な状態へと戻った。そして、立ち上がれるくらいまでに回復したジュウザは懐《ふところ》から金貨を取り出すと、ルイーダに渡した。

その光景に観客席から大歓声が上がった。今やルイーダの回復魔法も闘技場の見世物のひとつのようなものである。ルイーダ自身もまあまあ綺麗なお姉さんなのでファンも多く、観客席からルイーダへの贈り物がばんばん投げ込まれた。大体、金目の物が多い。

ドルセン王とジークムンドはその様子を呆然と眺めていた。

「マルス殿」

多少間をおいてから、ドルセン王が口を開いた。

「あの僧侶は聖女なのか？」

あんなに金にがめつい聖女なんているわけがない。

「いや、あれはAランクの冒険者パーティーに所属していた僧侶ですな。ガマラスに雇われて、わたしの命を狙ってきたので返り討ちにし、闘技場で働かせているだけです。言うなれば拾い物のようなものですよ」

それを聞いて、ドルセン王が目を白黒させた。

「ジークムンド。冒険者の僧侶というのは、あんな凄まじい回復魔法が使えるものなのか？」

王から問われたジークムンドは首を横に振った。

「無理ですな。Sランクの僧侶でもあんな神の奇跡は使えますまい。恐るべき術者です。陛下の仰る通り、聖女クラスの回復魔法の使い手かと」

え？　そんな大層な人間ではないと思うけどな。姉御とか呼ばれているし。

「なるほど。マルス殿も冗談が上手いものだ。あの僧侶もファルーンの秘密兵器というわけだな」

ドルセン王は勝手に納得したような表情を浮かべている。

いや、冗談じゃなくて、全部本当のことなんだけどね。

大体、秘密兵器って何だ？　本当にただの拾い物なんですけど？

確かに便利な存在ではあるけどね。

第二試合はオグマとヤマトの対戦である。

ふたりとも先ほどまでは貴賓席で控えていたが、今は闘技場の中央に立っていた。

ランキング1位のオグマと4位のヤマト、ふたりのトップランカーの登場に観客席から熱狂的な歓声が上がる。

「随分と人気があるようだが、さっきまで近くに控えていたあのふたりは、そんなに腕が立つ戦士なのかな？」

沸き立つ闘技場を見渡しながら、ドルセン王が僕に尋ねた。

「そうですな。あのふたりは我が国でも五本の指に入ります」

「ほう、なるほど。さきほどのふたりよりも遥かに強いということか。どの程度の腕なのか楽しみなことだ」

ドルセン王に先程までの余裕は無く、声色も真剣なものへと変わっていた。

オグマはすべてにおいてバランスの取れた戦士である。

大剣を両手で振るうのでパワー型と思われがちだが、力、速さ、体力、技量、どれを取っても高いレベルにある。伊達にハンドレッドの1位の座に居続けているわけではない。

あ、脳筋なので頭は悪い。

一方、ヤマトは完全に技に特化している。そこそこ速いが、力と体力はそれほどない。

元々身体能力が高くなく、モンスターの肉を摂取することで無理矢理強化したので、トップランカーとしては微妙なところだ。ただ、磨き上げた剣技は他者の及ぶところではない。才能があり、そこにすべてを費やしてきたため、ヤマト以上の技量を身に付けるのは難しいだろう。

そのふたりが対峙している。

オグマは大剣を肩に担いでいた。ヤマトは右手で長剣を握り、脱力したような構えを取っている。ふたりともいつも着けている囚人用の腕輪は外しており、全力でやり合う意志を見せていた。

闘技場に緊迫した空気が流れる。

「それでは、始めっ!!」

開始の合図とともに、ヤマトの姿が消えた。

いや、そう見えただけで、一瞬でオグマの背後に回り込み、背中を斬りつけていた。

「おっと」

オグマはその攻撃を確認することなく、背中に大剣を回して綺麗に防いだ。そのまま、独楽《こま》のように旋回して、無造作な横薙ぎの一閃をヤマトに叩きこむ。

ヤマトはそれを高く跳躍することで避けた。オグマの一撃はソニックブレード――というには強力過ぎる波動となって闘技場の壁まで到達。壁に大きなヒビを入れて、近くの観客たちが悲鳴をあげた。

「なんだあれは！」

その一瞬の攻防に、ドルセン王は叫んだ。

「化け物ではないか！　何故ファルーンにあんな戦士がいる!?」

ドルセン王だけではない。声こそ上げていないが、ジークムンドも目をむいている。

もちろん、この間にも戦いは続いていた。

跳躍したヤマトは空中の何も無い場所を足で蹴って推進力を得ると、再びオグマに迫った。

剣技の一種で、魔力を用いて障壁を作り、それを足場とする技である。

それをオグマは剣で防いだが、ヤマトは地面に着地すると同時に低い体勢から剣を振るって、オグマの足を狙った。あれはかわしにくい。

「ちっ！」

舌打ちしつつもステップで後ろに飛んだオグマを、ぴたりとヤマトが付け狙った。

流れるように剣技を組み合わせ、相手に息をつく間も与えず、矢継ぎ早に攻撃を仕掛けるヤマト。

正面から、側面から、背後から、上から、下から、ヤマトの攻撃は多彩だ。いくつかの斬撃がオグマの身体をかすめ、着実に手傷を負わせていく。

鮮やかなヤマトの技の数々に、場内からは歓声が上がる。

「あそこまでの使い手とは。これがハンドレッドの上位か……」

ジークムンドが息を呑んだ。ヤマトのことを冴えない男だと侮《あなど》っていたのだろう。

だけど、ヤマトはハンドレッドの中では異端なんだよね。

ハンドレッドは技量を追求するところじゃない。もっと原始的な力を追い求めるところだ。それをもっとも体現しているのは、オグマのほうである。

今のところ、間合いを詰められたオグマはリーチの長い大剣を上手く使えず、防戦一方のように見えるけど。

お、ヤマトの袈裟懸《けさが》けの一撃がオグマを捉えた——と同時にオグマの蹴りがヤマトの腹に入った。肩をざっくり斬られつつも、カウンター気味に強烈な一発を入れたな。

蹴り上げられてヤマトの身体が軽く浮いた。

「ゴッ……」

口から胃が出そうな鈍い音がヤマトの口から漏れる。

「オラアッ！」

そこに大剣を手放したオグマがヤマトの顔面に右フックを入れ、左肩を斬られているのにも拘《かか》わらず左フックもかまし、素手による連打を畳みかけた。

ボッコボコである。観客も大興奮だ。

「我々は何を見せられているんだ？　これは剣による戦いではないのか？」

ドルセン王が喘《あえ》ぐような声を漏らした。

これは師匠の影響を受けて僕が覚えた戦い方である。勝てば何でもありという喧嘩殺法。で、オグマたちは僕の影響を受けて、同じような戦い方になったと。

「勝者、オグマ！」

オグマの勝利を告げるアナウンスが入った。

宙に浮いた状態で連打を喰らったヤマトはかなり酷い状態だが、オグマも左肩から血を滝のように流していて結構な傷を負っている。

それをルイーダが手早く癒していった。

「……あの僧侶がいると、人の命が軽く思えるな」

ジークムンドがため息をついた。

「あの程度なら、時間が経てば何もしなくても回復すると思うぞ？　早いか遅いかの違いだけだ」

僕がそう言うと、ドルセン王もジークムンドもとても嫌そうな顔をした。

え？　何か変なことを言った？

僕が師匠と修行を積んでいるときはあれより酷い怪我《けが》を負っていたけど、そのうち治ったし、結構普通のことなのでは？


ドルセン王には目の前で起きていることが、にわかには信じられなかった。

確かにブリックスの戦いでは大敗を喫した。ファルーンに強力な戦士たちがいることも理解していたつもりだ。

だが、実際に目《ま》の当たりにしてみると、その強さは異常だった。

ハンドレッドは騎士や戦士としての強さ——というより、生物的な強さを感じさせる。

同じ人間とはとても思えない。ドルセンの騎士たちが束になっても勝てる気がしなかった。

キンブリーが破れたことにも納得がいく。

闘技場にいる観客たちは、ハンドレッドの戦いぶりを見て沸いていた。

王という立場が無ければ、自分も無責任に楽しむことができたかもしれない。

しかし、そうではない。ドルセンという国の命運を握っているのだ。

(これは容易ならざる相手だ)

もし戦うとなれば、正面から挑むのは下策である。搦《から》め手《て》を使わねばならない。

そう、例えば重力魔法である『グラビティ』を広範囲にかけてファルーン軍の行動を制約するとか、飲み水に毒を仕込むとか……。

ドルセン王がファルーンの対策に考えを巡らせていると、場内が大歓声に包まれた。

闘技場の中心には、いつの間にか黒い鎧を身に着けたマルスの姿があった。

マルスは手をあげて観客たちの声援に応えている。それから、身に着けていた腕輪と指輪を外して、付き人が持っていたトレーの上に置いた。

「あれは何をしているのだ？」

ドルセン王は、マルスの代わりにホスト役となったガマラスに尋ねた。

「あれは毒の指輪と重力の腕輪を外して、本気であることを示しているのです」

ガマラスはにこやかに答えた。

「毒の指輪？　重力の腕輪？　何だ、それは？　毒や重力魔法に耐性がつくのか？」

「逆です。毒の指輪を着けると常に猛毒に冒された状態になり、重力の腕輪を着けると常に重

いていないのだろう？」

「……それは何のこけおどしだ？　国民に向けてのアピールか？　実際はそんな効果は付いていないのだろう？」

ドルセン王はまったく信じていなかった。いや、信じたくなかった。それは王の、いや人間のやることではない。ただの自殺行為だ。

「いえ、本当ですよ？　実際、わたしも陛下を何度も毒殺しようとしましたが、すべて失敗しましたし、重力魔法で動きを封じて殺害しようとしたこともありましたが、まったくの無駄に終わりました。わたしはありとあらゆる方法で陛下の暗殺を試みましたが、すべて失敗しております」

自分の今の主君を殺そうとした過去のエピソードを、ガマラスは嬉しそうに語った。

それが本当ならマルスには毒も魔法も通じないことになる。

「……何故、おまえは許されたのだ？」

そこまでして殺そうとした相手をマルスが許したことが、ドルセン王には不思議だった。

「決まっているではありませんか！　我が王が偉大だからです！」

マルスの偉大さを表現するかのように、両手を広げたガマラスは瞳を潤ませている。その有様は邪教の狂信者を連想させた。

(駄目だ、この宰相もおかしい)

ドルセン王はジークムンドと顔を見合わせ、ふたりして首を横に振った。

「ああ、ちなみにハンドレッドのトップランカーは、陛下ほどのものではありませんが、全員が重力の腕輪を着けております。モンスターの肉を常食しているので、毒にも耐性があります」

ガマラスの口調が冷静なものに戻った。

「わたしであれば、もう二度と敵に回したくはありませんな」

思わせぶりなその言葉に、ドルセン王は暗澹《あんたん》たる気分になった。

そんな化け物どもを相手に戦って、勝つ方法などあるはずがなかった。


闘技場に、マルスの相手となる戦士たちが入場してきた。ひとりではない。10人はいる。

「相手はひとりではないのか?」

ドルセン王はジークムンドに尋ねた。もうガマラスと会話する気にはならなかった。

「聞いたことがあります。ファルーンの王は闘技場で多数を相手にして戦うと。あくまでも噂だと思って、気に留めていませんでしたが……」

「あの戦士たちは弱いのか？」

「オグマ、ヤマトほどではありませんが、1試合目で戦った者たちくらいの腕はありそうですな」

十分強い。王の権威を見せつけるために、八百長《やおちょう》試合でもするつもりなのかとドルセン王は考えた。いや、そう願った。

戦いを前にマルスが黒い兜を装着した。平凡な貴族の青年のようなその顔が隠れると、禍々《まがまが》しい威圧を感じる。

そして、何故か闘技場の壁の上に魔法使いたちが現れ、呪文を詠唱し始めた。

「何だあれは？」

「物理障壁の呪文のようですな」

「物理障壁？　何のためにだ？」

「さあ？　意図まではわかりませぬ」

そんなドルセン王とジークムンドをよそに、第三試合が始まろうとしていた。

剣や槍、斧といった各々の武器を持ったハンドレッドのランカー10人が、マルスを取り巻いている。彼らはすぐに攻撃しに行こうとはせず、間合いを見計らっていた。呼吸を合わせて挑まなければ、瞬殺されることが目に見えているからだ。

一方、マルスは黒い刃の長剣を右手に無造作に下げているだけで、構えてすらいない。

じりじりと時間が過ぎ、場には緊迫した空気が流れた。ランカーたちは少しずつ間合いを詰めて、ギリギリの距離まで迫る。

誰かが息を大きく吐いた。いや、実際はそれほど大きな吐息ではなかったのだが、張り詰めた雰囲気の中で、それは一際《ひときわ》大きく聞こえた。

それを合図にランカーたちは一斉に飛びかかった。いや、かかろうとしたところで、マルスの正面にいた剣を持った男が吹っ飛んだ。疾風のように動いたマルスが剣で斬りつけたのだ。

男は辛《から》くもその攻撃を防いだのだが、目に見えるほどの強力な力を帯びたその一撃は、防御をものともせずに男を吹き飛ばし、そのまま客席に展開されていた障壁にぶち当てた。

「何だ、今のは!!」

ドルセン王は思わず席から立ち上がった。身体が震えている。

何もかもが桁違いだった。先ほどまで最強の戦士だと思っていたオグマやヤマトの力を優に超えている。側に控えていたジークムンドも呆然と口を開けていた。

それは嵐であり、稲妻であり、竜のようであった。

黒い闘気を纏ったマルスの突撃は避けようのない天災のようなもので、ハンドレッドのランカーたちが一瞬で倒されていく。

中にはマルスの一撃を防いだ者もいたが、それだけで場内は大喝采である。

「おーあいつも腕を上げたな」としたり顔でハンドレッドの戦士を評価する観客もいた。

彼らの中ではマルスの勝利は確定したものであり、後はどれだけランカーたちが耐えられるのか注目していたのだ。

戦いはそう長くかかることもなく終わりを告げた。マルスは片端からランカーたちを弾き飛ばし、あっという間に勝利して見せたのだ。

観客たちは興奮して、「ゼロス！　ゼロス！　ゼロス！」と繰り返し叫んでいる。

そこには、自分たちと国と王を同一のものと見なした強い意識が垣間見えた。

ドルセン王は貴賓席の豪華な椅子にへたり込んだ。

(自分の目で見ておいて良かった)

彼は自分がここに来たことを幸運に感じていた。もし自分の目で見ず、報告だけを聞いていれば、恐らくまともには取り合わなかったことだろう。

だが、ハンドレッドやマルスの強さを目の当たりにした今、もはやファルーンと戦う気などまったく無くなった。

ドルセン王は魔王を知らない。だが、いたとすれば、マルスのような存在だろうと思った。

まともに相手をしてはならない。

僕がお務めを終えて貴賓席に戻ると、

「マルス殿、見事な戦いぶりでしたな！」

とドルセン王がにこやかに出迎えてくれた。

さっきまでと態度が違う。多分、僕が戦っている姿を見て、カッコいいと思ってくれたのだろう。闘技場で王様自ら戦うなんて、剣闘士奴隷みたいで恥ずかしかったが、ドルセン王が喜んでくれたのなら結果オーライだ。

僕が席につくと、魔法の拡声器によって本日のメインイベントの案内が闘技場内に流れ、場内のボルテージがさらに高まった。

「本日、ファルーン王妃の座に挑みますのは、ドルセン国・五天位の第三席にして、『狂乱の皇女』として知られる魔剣士、カーミラ様っ!!」

アナウンスと共に入場口からカーミラが闘技場に姿を現した。

今回は黒いドレスを身に纏い、黒い日傘のようなものを差して、闘技場の中央へと優雅に歩を進める。貴族の令嬢が庭で散歩でも楽しむかのような姿だった。とても、これから戦うとは思えない。

観客がその貴婦人のような場違いな服装と、カーミラの美貌にどよめいた。

「怪しいな、あの恰好」

僕は側に控えているヤマトに声をかけた。ヤマトは2試合目で結構な怪我を負っていたが、ルイーダの回復魔法で完全に回復している。

「間違いなく対魔導士用の装備でしょうな。特にあの日傘のようなものは興味深いですね。恐らく術式がびっしりと刻まれているかと思われます。ドルセンの魔道具の技術力はさすがですな」

黒いドレスも対魔法の効果がある装備に違いない、とヤマトは言った。

自国の技術力を褒められたドルセン王は、まんざらでもない表情を浮かべた。

「続きましては、魔法を愛し、魔法に愛された女、立ちはだかる者は雷で殲滅、国王陛下を愛ではなく魔力で支えてきた現ファルーン王妃、雷帝・フラウ様っ!!」

もうひとつの入場口から姿を現したのは、普段と同じ魔道衣に身を包み、大きな杖を持ったフラウだった。いつも通りの無表情で、ゆっくりと歩いている。

小柄なので子供に間違われそうだが、その姿はファルーンの民には知られており、「王妃様、がんばって!」という声援が観客席から飛んでいた。

カーミラとフラウが所定の位置に着くと、再びアナウンスが入った。

「それではこれより、ファルーン国王妃の座をかけまして、フラウ様とカーミラ様の試合を始めさせていただきます。勝敗は片方が戦闘不能、もしくは敗北を認めた時点でついたものとみなします。よろしいですか?」

ふたりとも軽く頷いた。

「それでは、始めっ!!」

開始の声と同時に、カーミラがパチンと指を弾いて『ソニックブレード』を放つ。

フラウは無詠唱で結界を展開して、それを防ぎ、さらに飛行魔法で上空へ飛ぶと、魔法の詠唱を始めた。簡易的なものなら無詠唱で発動できるが、ある程度のランクの魔法になると、さすがに詠唱を必要とする。

それに対して、暗器のように袖から短剣を取り出したカーミラは、それで空を斬ると、指で弾いたものの何倍もの大きさの、強力な『ソニックブレード』を発動させた。

さすがにそれは結界では防げないと判断したのか、フラウは飛行魔法で身をかわした。

「あの『ソニックブレード』はかなりの威力ですね。使っている短剣も強力な魔剣でしょう。

前回使っていた扇子は騎士との戦闘を想定した近距離戦のものでしたが、あの短剣は魔導士との長距離戦を想定して持ち込んだのでしょう」

ヤマトが説明した通り、短剣から放たれる『ソニックブレード』は距離が離れていても威力が衰えず、魔法の結界をも断り裂いていた。

フラウも直撃は避けているが、いくつかは身体をかすめて軽い傷を負っている。ただ、気にした風でもない。

この間に呪文の詠唱を終えて、フラウの反撃が始まる。

無数の光の球がフラウの周囲に浮かび上がり、それらが一気に弾けて、光の矢となってカーミラに降り注いだ。

ライトニング。フラウの得意呪文にして、精度・威力共に極限まで練り上げられている雷撃。

カーミラは黒い日傘を盾にして、それを防ぐ体勢を取った。傘から紋様が浮かび上がり、仕込まれていた術式が展開される。

ライトニングと術式がぶつかり合い、激しい土煙と爆裂音が場内に響き渡った。

「面白い術式」

フラウが呟いた。

カーミラは無傷でライトニングを防ぎ切ったようだ。

「面白い？　余裕ですわね。これはわたしが考案した術式でして、防御用ではございませんのよ？」

カーミラはそのまま傘の先端の部分をフラウに向けると、嫣然と笑った。

「これは防御術式ではなく吸収術式。受け止めた呪文を吸収して跳ね返しますの、こういう風に」

再び傘の術式が発動すると、その先端が魔力を帯びて光り、さっきまで受けていたライトニングがフラウに向けて連射される。

フラウは性格的に防御魔法は攻撃魔法ほど得意ではない。なので、自分が放ったライトニングを防御結界で受け切れず、いくつか直撃を喰らって、空から落下した。

VI ◆ 容赦のない女

落下するフラウを見て、観衆から悲鳴が上がる。

カーミラは落ちてくるフラウに向かって、さらにライトニングの追撃を浴びせた。

さすが、『狂乱の皇女』。容赦がない。

フラウは地面に落ちる寸前に、くるっと回って体勢を立て直して着地。

吸収した呪文が切れたのか、カーミラは日傘を畳むと、それを剣のように握って、フラウに向かって疾走した。

日傘は魔力を帯びており、恐らく武器としても機能するのだろう。

フラウは袖から白い牙のようなものをいくつか取り出すと、地面に放り出した。

地面に撒かれたそれはムクムクと大きくなり、人の姿を形成し、骸骨の騎士となった。

竜牙兵である。竜の牙に魔法を付与することで生み出される魔法の従者。並の騎士より強いと言われており、高位の魔法使いが護衛として好んで使う。

剣と盾を持った5体の竜牙兵が出現し、フラウを護《まも》るようにカーミラの進路を阻む。

カーミラは日傘を振りかぶると、

「ぶっ潰れなさいっ！」

と1体の竜牙兵に叩きつけた。

竜牙兵は熟練の戦士のような滑らかな動きで盾を使って防御しようとしたが、傘は盾もろとも竜牙兵を砕いた。尋常ではない破壊力である。

「あの日傘はどういう仕組みなんですかね？　魔力によって質量を増大化して、巨大な棍棒のように扱っているのかな？　興味深いですな。ドルセンではああいった魔道具が多いのでしょうか？」

ヤマトはカーミラの魔道具に興味が尽きないようだ。

「ドルセン国では扇子とか傘とかが、武器として使われているということか？」

ドルセンは思ったより治安の悪い国かもしれない。

「あれはあいつだけの趣味だ。昔から変な魔道具を作らせるが、あいつしか使えないから役に立たん」

ドルセン王がヤマトの疑問に答えた。

「なるほど、しかし素晴らしい才能ですな！」

ドルセン王はそれには答えず、苦虫を噛み潰したような表情をした。妹の才能を国のために上手く活用できなかったことを悔いているのかもしれない。

カーミラは日傘を華麗に振り回して、残りの4体の竜牙兵も倒したが、その間にフラウは再び空中に飛んで、結界魔法を展開。

さらに、さっきよりも威力の低い雷撃を無詠唱で立て続けに放つことで、カーミラが日傘を開く隙を与えずに攻撃に転じた。

いくつもの雷が閃光となってカーミラの身体を撃つ。

しかし、カーミラはまったく動じなかった。それどころか余裕の笑みを浮かべている。

「この黒いドレスは魔法に耐性のあるドラゴンの血で染め上げ、さらに対魔法の術式が編み込まれていますの。その程度の魔法は無意味ですわ」

ドラゴンの血といえば、かなり高価な品だ。それでドレスを染め上げるなど、どれだけ金がかかっているのかわからない。さすがドルセンの不良債権、ロクでもない金の使い方をしている。

「このまま戦っても無駄だと思いますけど？　わたしはこの戦いのために、対魔導士用の装備を完璧に揃えました。悪く思わないでくださいまし。勝負は戦う前から始まっておりますの。準備こそが戦いの勝敗を決めますのよ？」

カーミラは口に手を当てて艶《あで》やかに笑った。勝利を確信しているようだ。

「準備は大事。わたしもそう思う」

空中に浮かぶフラウが呟いた。

「今頃後悔しているのですか？　敗北を認めますの？」

フラウは首を軽く横に振った。

「わたしも準備した」

「準備？　竜牙兵のことですか？　確かに盾にはなりましたが、あの程度では……」

「昨日の夜、埋めておいた。竜牙兵はその触媒」

そう言うと、フラウは呪文の詠唱を始めた。

同時に、闘技場のフィールド全体に魔法陣が浮かび上がり、砕かれた竜牙兵たちの残骸がつむじ風に乗って、その中央へと集まっていく。

「魔法陣！　こんな大きな!?」

足元で怪しく光る巨大な魔法陣に驚愕するカーミラ。

そして、竜牙兵の残骸が集まったところを中心に地面が大きく盛り上がり、その中から骨のドラゴンが出現した。

「なんだ、あれは!?」

ドルセン王が再び身を乗り出して、食い入るように骨のドラゴンを見つめる。

観客たちも巨大な骨のドラゴンの出現にパニックを起こしていた。

「スケルトンドラゴンですな。骨だけとなったドラゴンの骸《むくろ》がアンデッド化したものです。元のドラゴンよりも強力になっていることもあり、かなり危険なモンスターです」

ジークムンドも驚きの表情を浮かべている。

スケルトンドラゴン。死霊術で使役できる強力なモンスターのひとつ。自然発生することはあまりないため、僕も戦ったことがない。

ただ、あのドラゴンの骨には見覚えがある。魔獣の森を開拓した際に、僕が倒したヤツだな。魔法の実験材料にするということで骨をフラウに渡したのだが、こういう使い方をするとは思わなかった。

混乱をよそに、フラウはスケルトンドラゴンの背に乗った。

「やっつけろ」

倒すべき敵を杖で指し示す。

スケルトンドラゴンは首をもたげると、口を大きく開いて青いブレスを吐いた。あれは対象を焼くのではなく腐らせる炎だ。

カーミラは大きく跳躍することで、ブレスの直撃を避ける。

「ブレス対策なんてしていませんのに！」

愚痴をこぼしながらもカーミラはスケルトンドラゴンの周りを走る。止まればブレスの的になってしまうからだろう。

そして、スケルトンドラゴンの隙を見つけて接近。

「砕けなさい！」

日傘を振り上げて、後ろ足に強烈な一撃を見舞った。

砕け散る骨。だが、スケルトンドラゴンも前足や尻尾で反撃する。

地面がえぐれるような強烈な攻撃だ。

それを嫌ってカーミラは再び距離を取ったが、その間に砕いた足の骨が再生した。

「アンデッドって、あんな簡単に再生できたっけ？」

僕はヤマトに尋ねた。

「恐らくフラウ様が魔力を流して再生させたのでしょう」

なるほど。術者によって使役するアンデッドの強さも変わるわけか。

ちなみにドルセン王とジークムンドは青ざめた顔をして戦いを見つめている。

「これでも喰らいなさいっ！」

カーミラが魔眼を発動。スケルトンドラゴンの足を止めると、日傘を両手で横に振り抜いて、巨大な『ソニックブレード』を放った。

「おーあれはわたしでもできないな」

僕の『ソニックブレード』はあそこまで大きくはできない。

「あれはほとんど魔法ですね。魔力量の少ない人間にはできない芸当です」

ヤマトも驚いている。

巨大な『ソニックブレード』は、足止めされていたスケルトンドラゴンを上下に分断。

さすがに身体を維持できず、がしゃりと音を立てて崩れた。

時間があれば再生するのだろうが、カーミラが日傘を振り上げて飛び込み、スケルトンドラゴンの頭部を粉砕した。

「なるほど。恐らく頭部が触媒となっていた場所なのでしょう。そこを破壊されれば再生できなくなると。良い戦い方です」

カーミラの戦いをヤマトは褒めていた。

巨大なスケルトンドラゴンを倒したカーミラに観衆は盛り上がり、カーミラの名を連呼している。

ドルセン王も顔をほころばせて嬉しそうだ。

「あれ？　フラウは？」

スケルトンドラゴンの背に乗っていたフラウが、いつの間にかいなくなっていた。

「おい！　あれを見ろ！」

観客の誰かが上空のかなり高い位置を指差した。

そこには、虚空に複数の光の魔法陣を展開しているフラウの姿があった。

あれは……サンダージャッジメントを撃つつもり？

「いかんな。結界を強化するよう魔導士どもに伝えろ」

僕の試合のときは物理用の結界だったのだが、今回の試合にあたっては魔導士たちに対魔法用の結界を展開させていた。しかし、今のレベルの結界ではサンダージャッジメントは防げない。

「対軍魔法を個人に撃つなんて正気ですの!?」

表情を強張らせたカーミラが日傘を広げて術式を展開。サンダージャッジメントに備えている。

「これも跳ね返せるのか楽しみ」

表情を一切変えることなく、フラウが魔法を発動させた。

雷鳴が鳴り響き、無数の強烈な雷がカーミラ目掛けて降り注ぐ。

雷があちこちで結界と衝突し、轟音と閃光《せっけん》が闘技場を席巻した。客席からは悲鳴が上がって

いる。

うん、でも結界は持ちこたえられそうだ。魔導士たちも腕を上げているな。

そして、魔法が発動を終えた後、闘技場の中央には日傘だったものを持っているカーミラの姿があった。日傘は魔法を吸収しきれず傘の部分が消えて無くなり、柄も折れている、カーミラの黒いドレスもあちこちが焼き切れてボロボロの状態だった。

近くにあったスケルトンドラゴンの骨は消し炭となって崩壊している。

「……思い出しましたわ。そういえばわたし、姉が欲しいと思っていましたの。だから、あなたのことをお姉さまと呼んでさしあげます」

コホッと黒い息を吐くと、カーミラは倒れた。あれは肺までダメージがいっているな。

負け惜しみもあそこまでいくと大したものだ。

「勝者、フラウ様っ!!」

戦闘不能と見なして、フラウの勝利を告げるアナウンスが流れる。

だが、客席からはフラウの勝利を称える声が一切聞こえない。決まりが悪そうに騒《ざわ》めいていた。

「あれはちょっと酷くないか?」

「さっき現れた骨のモンスターといい、フラウ様はやり過ぎだ」

「勝てばいいというものでもないと思うが……」

「カーミラ様はよく頑張ったよ」

などといった感想が聞こえてくる。

「マルス王！　あれはやり過ぎではないか！」

観客の声を代弁するように、ドルセン王が僕にクレームを入れてきた。

「……まあ、死にはしないので大丈夫でしょう」

ルイーダを先頭に、カーミラのもとへ駆け寄る回復班を見ながら僕は答えた。

フラウがやり過ぎなかったことなんてないんだよね。


闘技場での戦いが終わった後、カーミラの回復を見届けたドルセン王は、宿泊施設に向かう馬車の中で、ジークムンドに話しかけた。

「ジークムンドよ、ファルーンの連中はどいつもこいつも頭がいかれている！

試合であんな化け物を召喚したり、周りが消し飛びかねない魔法を使ったり、まともではない。それを国民たちはヘラヘラ笑って観《み》ているんだぞ？　どういう神経をしているんだ？」

「仰せの通りです、陛下。ファルーンの者たちは尋常ではありません。いずれもかなりの手練《てだ》れです。ひとりひとりなら後れを取ることはありませんが、その数が多い。残念ながら、ドルセンの騎士たちでは手に負えますまい」

「だろうな」

ドルセン王は色々と諦めていた。

「はい。特にオグマ、ワーレン、クロムといった各騎士団の団長クラスは、わたしで何とか相手にできるレベルです。今日同席していたヤマトという男もかなりの強者。しかし、何よりも恐ろしいのがマルス王です。あれはわたしでも勝てません」

「さしものおまえでもかなわないか。『竜殺し』の異名を持つジークムンドでも」

「はい、勝てません。あの雷帝を妻に娶るくらいですから、その胆力も尋常ではないかと」

昨日まで最強だと信じて疑っていなかった男に、ドルセン王は一縷の期待を持っていたが、あっさりと否定された。

「それもそうだな」

ドルセン王は今日の試合を思い出した。あんな化け物のような女を妻にするなど、自分には到底できない。

「しかしまあ、どちらにせよ、ファルーンとは事を構えないほうがよさそうだな」

「わたしもそう思います。ハンドレッドは噂以上の強者揃い。大陸中央の騎士団に匹敵するか、それ以上。しかも、王と王妃は英雄レベルです。倒しきれる相手ではございません」

「そういう意味では、今回の婚姻は成功だったということか。それにしても……」

ドルセン王は馬車の窓の外の景色に目をやった。

「それぐらいの化け物揃いの国のほうが、カーミラには相応《ふさわ》しいかもしれんな」

長年、手を焼かされた妹のことをドルセン王は考えていた。

モンスターの肉を食っていたら王位に就いた件

EAT or DIE

Chapter.2

MONSTER SELECTION TOURNAMENT

Ⅶ◆カーミラの晩餐

王妃の座を巡る戦いで敗れたわたしは、別の分野でこの国に影響を与えることを決めました。

スケルトンドラゴンを使役したり、闘技場ごと消し炭になるような魔法をぶっ放してくる女と戦うのは二度とごめんです。わたしも陰で『狂乱の皇女』と呼ばれているようですが、狂乱の二文字はあの方にお譲り致します。

わたしたちは王の妻なのですから、戦いなどという野蛮な分野で競おうとしたのが、そもそもの間違いでした。

ちょっと魔力が強いくらいで、わたしの上に立ったと思ったら大間違いです。人の価値というものは、剣の腕や魔力で決まるようなものではないのです。何でも力で解決しようというのは、野蛮人のすることです。

わたしがファルーンという後進国にもたらさなければいけないもの。それは文化です。

この国は貴族の数が少なく、信じがたいほど文化が洗練されていません。わたしのような煌びやかな中央の文化に触れて育ってきた人間にとって、これは耐え難いものです。

王城にしても実用性のみを考えて建設したような武骨なもので、華やかさが足りません。そういえばヤマトと戦った際に、ちょっと城の壁や天井や柱が壊れたのですが、それを宰相のガマラスときたら、修繕費用がどうのこうのと、ぐちぐちと文句を言います。こんなことなら城ごと崩壊させて、力ずくで城を建て直させれば良かった。

……まあ過ぎてしまったことはどうしようもありません。

とにかくわたしは高貴な貴族として、ファルーンに新たな文化の風を吹き込まなければならないのです。

文化と言っても、いきなり絵画や彫刻を見せても、あの連中は何も感じないでしょう。何しろアクセサリーとして囚人の腕輪をするような人たちです。芸術の良し悪しの違いをわからせるなどレベルが高過ぎます。猿に詩を書かせたほうが、まだマシでしょう。

粗野で無教養な人間に文化を教える糸口、それは食事です。

ドルセンの洗練された食事を与えれば、いかに自分たちが文化的に遅れているかを思い知るでしょう。

そのためにはとりあえず、ファルーンの料理を死ぬほど貶《けな》す必要があります。たとえある程度美味《おい》しかったとしても、徹底的に粗《あら》を探して料理人を呼び出し、罵詈雑言《ばりぞうごん》を浴びせて精神的に追い詰めて追放しなければなりません。

そして代わりに、わたしがドルセンから連れてきた一流の料理人を宮廷料理人の座につけるのです。これはわたしの横暴とかではありません。ファルーンが文化的に発展するために、必要なプロセスなのです。

そういうわけで、わたしは今、マルス王とふたりきりの初めての夕食の席についています。どんな質素な料理が出てくるのか楽しみでなりません。

給仕たちが銀の盆にのせられた料理を持ってきました。

さて、どんな一品なのでしょう？

……皿の上には生肉が1枚のっているだけでした。

これはどういうこと？　ひょっとして他国から嫁いできた妃に対する嫌がらせでしょうか？

そう思って、夫となったマルス王のほうを見ると、わたしよりも巨大な生肉を躊躇《ちゅうちょ》なく口に運んでいました。

……この国の食生活は1万年くらい前で止まっているのですか？

まあ良いでしょう。想像以上に劣悪な環境ですが、その分、わたしの計画が上手く進むというものです。

さっそく料理人を呼びつけると致しましょう。

「何なの、この料理は？　生肉をそのまま食べさせようとか、わたしをオークか何かと勘違いしているんじゃなくて？　料理人を呼びなさい、料理人を！」

「料理人ですか？　あの、これは料理人が作ったものではなく……」

わたしの想像した通り、給仕たちは怯《おび》えています。今日から誰がこの城の女主人になるのか、わからせなければなりません。

「誰でもいいから、この料理を作った責任者を呼んできなさい！」

給仕たちは慌てて部屋の外に出て行きました。

マルス王は黙って生肉を食べています。こんな粗末な食事に何の文句も言わないなんて、強いようだけど意気地《いくじ》がないようです。これは意外と簡単にこの国の実権を握ることができるかもしれません。

内心、ほくそ笑んでいると、ひとりの男がずかずかと部屋に入ってきました。

ハンドレッドの1位・オグマです。ファルーンを象徴するような、頭も体も筋肉でできているような男です。ブリックスの戦いでは騎士の首級を50以上もあげたことで、ドルセンでも恐れられていました。

「あんたか、俺たちが献上したモンスターの肉に文句をつけているのは？」

はい？　モンスターの肉？　牛とか鹿ではなくて？

「こっ、これはモンスターの肉なのですか？　そんなものを王やその妃に食べろと？　無礼にも程がありますよ！」

「無礼じゃない。これは俺たちハンドレッドの強い肉体と精神を作り上げるために必要なものであり、偉大なるゼロス王が広められた食事だ。毒はあるが、体力も魔力も向上する。黙って食え」

「毒？　毒があるのをわかっていて出しているのですか？　一体どういうつもりで……」

ふうっ、とオグマは面倒くさそうに息を吐きました。

「あんたに出したのは、モンスターの中でも一番食べやすいキラーラビットの肉だ。そんなものはハンドレッドに入りたての16才の小僧でも食べている代物だ。……まあ、16に満たない、身体が出来ていない子供に食べさせると死ぬかもしれないが」

「死ぬ？　今あなた死ぬって言いませんでした？」

「うるせぇな。あんたはもう18は超えているだろ？　だったら死にはしねぇよ。見ろ、陛下の姿を。陛下が召し上がられているのは、俺たちが総出で倒してきたベヒモスの肉だ。その肉を食ったが最後、大の大人でも楽勝で死ねる。俺とて食べるのは辛い。この国で平然と食べることができるのは陛下だけだ。

それをキラーラビットの肉ごときで、ぎゃあぎゃあ言いやがって。陛下の妃となるなら、その程度の覚悟は示してもらおうか？」

ベヒモス？　ベヒモスは上級のドラゴンと並ぶ超弩級《どきゅう》のモンスター。動く災厄とも呼ばれています。

その肉をこの国の王が食べている？

見ると、マルス王はわたしたちの話がまるで聞こえていないかのように、一心不乱に無言で肉を食べています。

「ベヒモスは滅多に現れないモンスターだが、でかいだけあって肉も多い。だが、この国でその肉を平然と食べることができるのはゼロス王のみ。そこで肉は魔法で冷凍保存され、陛下が毎食食べていらっしゃる。そう、ベヒモスの肉こそ、ゼロス王が到達した頂きの証《あかし》。陛下は常に我々のはるか上の世界にいらっしゃるのだ」

マルス王を見るオグマの視線は、純真な子供のように輝いていました。

まったく理解できません。この国の身分は毒に耐性がある順番で決まっているのでしょうか？

「馬鹿馬鹿しい。わたしはドルセンから来ましたの。ファルーンの野蛮な風習に従う必要はありませんわ」

「そうはいかん。あんたは既にハンドレッドの一員だ。その肉を食べる義務がある。食べなければ、俺が無理矢理口に突っ込むまでだ」

「勝手にバーサーカーの一員にしないで頂けます!?」

わたしの非難を無視して、オグマが一歩前に踏み出してきました。

「無礼者！」

その威圧感に、つい指を鳴らして『ソニックブレード』を撃ってしまいました。いやこれは不可抗力です。わたしは悪くありません。

「おっと」

しかし、それをオグマは掌《てのひら》でたやすく受け止めました。

その衝撃で何かが破裂したような大きな音が部屋に響き渡りましたが、それでもマルス王は黙々と食事を続けています。

「あぶねぇな。俺じゃなかったら指が飛んでいたぜ？」

いや、それは指どころか首が飛ぶような威力のはずですが、なんで素手で受けられるのですか？

「その程度の『ソニックブレード』じゃあ、陛下の足元にも及ばないぜ？　あんたは陛下に挑みたくてこの国に来たんだろう？　じゃあ、なおさらモンスターの肉を食べなきゃ駄目だ。食べる勇気が出ないっていうなら、俺が食わせてやるよ？」

ゆっくり近寄ってくるオグマにわたしは恐怖しました。

「食べます！　食べるから近寄らないで！」

わたしはそそくさと皿の上の生肉に向き合うと、ナイフで小さく切って口に運びました。

……意識を失いかけました。不味いとかそういうレベルではありません。

身体が受け入れるのを拒否しています。明らかに食べてはいけない何かです。

吐き気をこらえて、何とか咀嚼《そしゃく》して呑み込みました。

あまりの不快感に、コップの水を一息で全部飲んでしまいました。

それでも食べた肉がお腹の中で蠢《うごめ》いているような気がします。肉の形をした蟲《むし》でも体内に入れた錯覚に陥りました。

「おーやればできるじゃねぇか」

出来の悪い子供を褒めるかのように、オグマが言いました。

「……あなたたちは本当にこんなものを食べているのですか？」

一口食べただけでも、この有様です。これを毎食食べているとは、到底信じられません。

「食べているよ。弱いモンスターの肉から始めて、徐々にレベルを上げていっている」

毒のレベルを上げている？　この国の人間は自殺願望でもあるのですか？

「無理です！　わたしには無理です！」

こうなったら泣き落としです。悪魔と鬼のハーフとしか思えないオグマは無視して、マルス王に懇願するしかありません。

ちょうど彼は肉を食べ終えたところです。

わたしは目を潤ませて、マルス王を見つめました。

「陛下。わたしにはモンスターの肉を食べることはできません。どうかお慈悲を賜《たまわ》りたく……」

ここで涙を一筋こぼすのがコツです。わたしは世界一の美人なのですから、こういう風に頼まれて嫌といえる男はいないはずです。

「カーミラ」

マルス王はにこやかに微笑んで、わたしの名を呼びました。よし！　これは成功です！

「わたしは君に期待している。頑張ってくれ」

そう言うと、王はそそくさと部屋から出ていきました。

えっ？　見捨てられた？

呆然とするわたしの肩に、オグマが手を置きました。

「陛下はあんたに期待しているそうだ。その期待に応えないわけにはいかないだろう。いや、応えないなど、神が許しても俺が許さん」

こうして、肉をすべて食べきるまで、オグマはわたしのことを監視していました。

わたしは涙を流しながら、ときにはあまりの不味さと悲しみに嗚咽《おえつ》を漏らしながら、1時間もかけて肉を完食致しました。

その晩、わたしが猛烈にお腹を壊したことは言うまでもありません。


ベヒモスの肉は相変わらず不味い。精神を集中させて、身体の毒耐性を極大にまで活性化させないと、食べている途中で毒にやられてしまう。

今日はカーミラと初めて食事を共にしたが、このベヒモスの肉のせいであまり話ができなかった。

ようやく食べ終わったと思ったら、カーミラとオグマが話し合いをしていた。

そして、カーミラが僕に「モンスターの肉を食べたくない」と訴えかけてきた。

うん、僕もそんな不味い肉を食べる必要はないと思う。人間らしい食事をしたほうが良いに決まっている。

あと、頼みもしないのに毎回モンスターの肉を運んでくるオグマを何とかして欲しい。

そういうわけで、

「わたしは君に期待している。頑張ってくれ」

と伝えた。

他国からやってきたカーミラなら、モンスター食という、この国に蔓延《はびこ》るおぞましい習慣を撤廃してくれるのではないかと期待しているのだ。

ただ、それを僕の口から言うことはできないので、とっとと部屋を後にした。

がんばれ、カーミラ！

VIII◆カーミラの生活

正式にファルーンに嫁いだ日から、カーミラの地獄は始まった。

食事は3食、モンスターの肉。

当初は国元から連れてきた料理人が作った料理を別で食べていたのだが、せめて空腹にしておかないとモンスターの肉を食べるのが辛過ぎた。その上、モンスターの肉を食べると気持ちが悪くなって、他の料理を受け付けられなくなるという悪循環に陥ったので、すぐに止めたのだった。

彼女は食事のたびに、今までの自分の行いを悔いた。

カーミラがドルセンにいたころは、「その料理は今の気分ではない」「わたしにそんなものを食べさせるつもり？」「わたしが食べたいものはここにはありませんのよ？」等々と食事に文句ばかり言って、料理人たちや従者を困らせ、多くの料理を無駄にしてきた。

（自分は何と贅沢だったのでしょう。あのとき好き嫌いを言って無駄にしてきた料理など、今ならすべて美味しく食べることができますわ。いえ、もう金輪際《こんりんざい》食べ物に対して贅沢は言いま

せん。それがモンスターの肉でなければ）

そう悔い改めてみたものの、目の前のモンスターの肉は消えてくれず、オグマの監視の目が光っているのもあって、無理矢理にでも口に詰め込むほかなかった。

そして夜である。カーミラはマルスの妻となったのだから、当然夜の相手もしなければならない。

しかも、王妃であるフラウが、カーミラが嫁ぐと同時に懐妊を発表したため、当分の間は彼女ひとりで王の相手をすることとなった。

カーミラの婚姻が決まったとき、フラウの従者がフラウに尋ねたことがある。

「王妃様、よろしいのですか？　陛下が新しい妻を娶るなどと……」

従者はマルスとフラウが仲睦まじい夫婦であることを知っていたので、マルスが新たな妻を迎えたことに、フラウが心を痛めていないか心配したのだ。

「良い。わたしはしばらく動けなくなる」

このときフラウは自分に子供ができたことを予期していた。

「それに、わたしひとりでは大変」

「？」

従者は何が大変なのかわからなかったが、恐らく王妃としての役割のことを指しているのだと考えた。

もうひとつ話がある。

王都にはたくさんの娼館があり、闘技場目当ての客で繁盛していたのだが、当然ハンドレッドのメンバーも客として来ることがあった。

しかし、彼らの評判は甚《はなは》だしく悪かった。別に金払いが悪いわけではない。むしろ、良い方である。普通であれば上客なのだが、ハンドレッドの、中でもランキングが高いメンバーほど、娼婦たちは相手を嫌がった。

一晩、彼らの相手をすると心身ともに疲れ果て、2、3日動けなくなるほど疲弊してしまうのだ。

そうなるといくら払いが良くても商売上がったりである。かといって断るわけにもいかないので、ハンドレッドのメンバーは娼館から嫌われていたのだ。もっとも、当の本人たちはそんなことを気にもしていないのだが。

モンスターの肉は体力も魔力も向上させるが、影響はそれだけに止《とど》まらず、そちらの方面にも多大な影響を及ぼしていた。

そして、ハンドレッドの頂点に立つマルスも例外ではない。というより、一番強く影響を受けていた。

同じくモンスターの肉を摂取し、感情の起伏がほとんど無いフラウでさえ、少々辟易《へきえき》するほどに。

ただ、マルスもフラウも他に相手を知らないので、こういうものだと思っていた。

一方、カーミラは自身の経験こそなかったものの、夜の営みを通じて、王を意のままに操った妃の先例をいくつも知っていたので、自分もそうなってやろうと野心を燃やしていた。

フラウが先に懐妊したことは残念に思っていたが、血筋的に考えれば、子供が出来てしまえばドルセンの王族である自分のほうが優遇されるだろうと考えており、夜の相手をするのに前向きだった。

そして最初の夜で心を折られた。

精も根も尽き果てて、ぐったりしている自分をよそに、元気に起床するマルスの姿を見て、カーミラは驚愕した。

これは人ではない、モンスターだと。

（こんなことをしていたら、いつかわたしは死んでしまうわ！）

カーミラは命の危機を感じた。そして思った。

身体に不調をきたせば、ドルセンに帰れるのではないか、と。

しかし、肝心の身体は最初こそ体調不良を起こしたものの、すぐに適応してしまい、いたって健康体であった。

仮病を使おうとしても、オグマが従者たちを蹴散らして、カーミラを引きずり出し、無理矢理食事を取らせるので無意味だった。


さらに不幸は続く。

ひと月ほど経ったある日、朝食という名の拷問を終えた後、ヤマトが姿を現した。

「カーミラ様、オグマ殿より身体が食事に慣れたという報告を頂きましたので、本日より鍛錬を開始させて頂きたいと存じます」

身体が食事に慣れた？　確かに腹を壊すことはなくなったが、舌はまったく慣れていない。

それを慣れたというのだろうか？

大体、鍛錬とは何か？　王の妻が何故身体を鍛える必要があるのか？

「……わたしにその鍛錬を拒否する権利はありますか？」

色々と諦めがついてきたカーミラだが、一応聞いてみた。

「何を仰る、カーミラ様。あなたは類まれな才能の持ち主。それを伸ばさずに放置するなど、神に対する冒涜《ぼうとく》です！」

ファルーンという国の存在自体が神に対する冒涜であり、明日あたり神罰が下って欲しい、とカーミラは思った。

「……それで鍛錬とは、どういうことをするのですか?」

「簡単です。魔獣の森から生きて帰ってくるだけです」

ああ、そういえばそんな話をしていたな、とカーミラは自分が縛り上げられていたときの会話を思い出した。あれは本気だったのか。

魔獣の森に置き去り? それは鍛錬じゃなくて、生贄《いけにえ》の儀式じゃないの?

だが、カーミラはここでひとつ思いついたことがあった。

魔獣の森から帰らなければいいのではないか。そのままドルセンまで逃亡してしまえばいいのではないか、と。

「わかりました。その鍛錬とやらをいたしましょう」

一縷の望みを胸に、カーミラは魔獣の森へと向かった。


無理、死ぬ。

魔獣の森の深部でカーミラは生命の危機にさらされていた。

「死なない程度のモンスターが出る」と言われて連れてこられた場所だが、とにかくモンスターが巨大な上に強い。

丸太のような蛇、小山の如きイノシシ、通常の100倍くらいのサイズの虫、さらに植物型のモンスターに精霊系、死霊系等々、目につくほとんどのものがモンスターである。倒せないこともないが、倒したところで次から次へと現れた。

もはや、逃げながら戦うしかなかった。目指す場所は、森からも視認できるファルーンの王城である。

そこに向かう以外の選択肢は無かった。

自分の持てるすべての力を使い、戦いに次ぐ戦いを切り抜けて、一昼夜かけて死に物狂いで王城に辿り着いた。

城の門の前で、カーミラは泣いた。

街の灯が愛おしかった、また人と会えることが嬉しかった、何よりも生きることが素晴らしかった。

すべてのものに感謝し、人が生きる意味を悟ったカーミラの前に、ヤマトが現れた。

彼は微笑んでいた。

「まだ頑張れそうですね？　次はもう少し奥まで行きましょうか？」

「おまえには人の心がないの!?」

ブチ切れたカーミラはパチリパチリと指を立て続けに鳴らして、風の刃でヤマトを狙った。

それは前回ヤマトと戦ったときよりも強力になっており、刃を作り出す速度も上がっている。

「素晴らしい！　以前戦ったときと比べて、着実にレベルアップされています！」

ヤマトは瞬時に長剣を抜き放つと、風の刃を次々と叩き斬っていく。だが、それでは間に合わず、いくつかの刃は身体を捻ることで避けた。前の戦いでは剣だけで対処できたというのに。

そこには確かにカーミラの成長があった。

カーミラは今までロクに努力をしてこなかった分、成長の度合いが速かった。

（いける！　このじじむさい男を倒して、わたしはドルセンに帰る！）

カーミラの瞳が朱《あか》く変わり、魔眼が発動。ヤマトの身体に立っていられないほどの負荷がかかった。

「なるほど。魔力が向上した分、魔眼も威力が上がっていると。魔眼というのは便利なものですな」

魔眼に対応するためにヤマトはすぐさま重力の腕輪を外すと、まるで他人事のように冷静に分析した。ただ、今回は重力の腕輪の効果よりも魔眼の威力のほうが高い。ヤマトの身体の動きが目に見えて鈍くなっている。

「余裕をかましたまま、あの世に逝くといいわ！」

カーミラは扇子を取り出して振り払い、強力な衝撃波を繰り出した。

当然、これも威力が高まっており、波動が地面をえぐりながらヤマトに迫る。

ヤマトはこれを高く跳躍することでかわしたが、そこに風の刃が殺到。

「避けられないでしょう？」

敵の死を確信し、朱い眼のまま冷酷な笑みを浮かべるカーミラ。その姿は美しくも凶悪で、魔人を連想させた。

「いや、まだですな」

突然、ヤマトの持つ剣の数が増えた。いや、剣筋が残像となって見えるほどの速い剣捌き。それは風の刃をすべて打ち払った。

「『ミラージュソード』！　マテウスの剣技を!?」

自分が侮っていた元同僚の技に、カーミラは驚いた。

かつては「小手先の技」と嗤っていたのだが、ヤマトが使った技はオリジナルよりも洗練されており、ワンアクションで無数の斬撃を顕現させたようだった。

しかも、ヤマトは空中に魔力で足場を作って、猛烈な勢いでカーミラに向かっていく。

『ミラージュソード』で高めた心拍の状態を維持し、それを移動速度に反映させたのだ。

「そんな馬鹿な！」

急な速度の上昇にカーミラは慌てた。扇子を魔法剣に変化させて迎撃を試みたが、その寸前でヤマトの姿が消えた。

「なっ!?」

それはヤマトがオグマとの試合で見せた技。一瞬で相手の背後を取る剣技である。気付いたときには遅かった。

後ろから首筋に強烈な一撃を受け、カーミラの視界が歪んだ。

だが、遠のいていく意識の中で、カーミラは自分が確かに強くなっていたことも感じたのだった。

IX◆美味しく食べよう

　カーミラが来てからファルーンは少し賑やかになった気がする。

『狂乱の皇女』と呼ばれているカーミラだったが、ドルセンの王家の出身だけあって意外と常識的だ。……単にうちの連中が非常識過ぎるだけな気もするが。

　ともかく、彼女は色々と建設的な提案をしてくれる。

　そのひとつが食事の改善だった。

「モンスターの肉は不味すぎます！　わたしたちは獣ではなく人間なのですから、きちんと調理して食べるべきです！　火も使わず、調味料も使わず、生のまま齧《かじ》るなんて、今までの人間の努力を踏みにじるような蛮行です！」

　というのがカーミラの主張である。

　まったくもってその通りだ。あの肉はただの毒でしかない。その毒を毎食食べさせられるなんて、人生の半分を損しているようなものだ。

つまり僕の人生の半分は現在進行形で失われている。

しかし、この真っ当な提案に反対意見が出た。筆頭はもちろんオグマである。

「モンスターの肉は生で食べた方が良いに決まっている。そのほうが強くなれるからだ！　これは神聖にして侵されざるハンドレッドの鉄の掟《おきて》でもある！」

神聖にして侵されざる、って、ハンドレッドはそんなまともな組織じゃないだろ。

誰だよ、そんな余計な掟を作ったヤツは。

……まあ僕なんだけどさ。

いや違うんだよ。僕だけ不味い生肉を食べるのは嫌だったから、最初ちゃんと生肉を調理しようとしていたオグマたちに、

「駄目だぞ、生のままで食べないと。そんなんじゃ強くなれないぞ？」

って言っちゃっただけなんだよ。

そりゃ火で焼いたり、塩でも振った方がまだ食べられるのは間違いないさ。僕も最初はそうしていたし。けど、師匠に生で食べることを強要されてからというもの、そういう風に食べるのが習慣になっちゃったんだよね。

大体、生で食べたほうが強くなれるなんて、本当かどうかわからないんだよ。

師匠は不味い物を食べることも修行だとか考えてそうだし。

だから、僕が被害者……仲間を増やそうと考えたことは、当然の成り行きだったわけだ。

まさかそれが、勝手に鉄の掟にされるとは想像もしてなかったけどね。


ともかく、ハンドレッドの連中はカーミラの食事の改善案に猛反対した。

何で食べ物を美味しく食べようという、人間としての当たり前の欲求を拒絶するんだろうか、こいつらは？

「カーミラ様の意見は人として当然の話でしょ？　わたしはその意見に賛成」

唯一、カーミラ側に付いたのは僧侶のルイーダだった。

オグマたちから『姐《あね》さん』と呼ばれて恐れられ、この国でハンドレッドに意見ができる数少ない人間のひとりである。

「人間は獣じゃないんだからね？　あの食事は人間を作った神に対する冒涜よ？　あんたたちも少しは人間らしい食事をしなさいよ」

普段世話になっているルイーダからそう言われると、オグマたちも弱い。

たじろいだ幹部たちを見て、この際、僕も言ってやることにした。

「何でも試してみることが肝心だ。他人の意見を頭から否定するようでは、固定観念にとらわれてしまうことになる。大体、おまえたちは生で食べた方が良いと言っているが、それはわたしの受け売りに過ぎないだろう？　わたしの言葉でも疑え。自分たちで実際に確かめたことを信じろ。わかったな？」

「はっ！」

オグマたちが一斉に跪いた。わかってくれたようで嬉しい。

「というわけで、カーミラの試みを許す。見事、モンスターの肉を調理して見せよ」

「ありがとうございます」

カーミラが優雅な仕草で礼を述べた。こういうところはお姫様っぽくて綺麗だ。

待てよ。ひょっとしてこの国のまともなお姫様って、カーミラくらいしか残ってないんじゃないだろうか？　『狂乱の皇女』しか姫がいない国とか、人いなさすぎだろ。


それから数か月が経ち、カーミラからモンスターの肉の新たな料理が完成したという報告が入った。

ドルセンから連れてきた一流の料理人が悪戦苦闘して作ったものらしい。

あんな毒を料理させてしまって、ごめんなさい。

食堂のテーブルの上には、とてもモンスターの肉とは思えないような美味しそうな料理の数々が運び込まれた。


肉の表面に完璧な焼き色がついたステーキ。見るからに柔らかそうな肉の香りが鼻をくすぐる。中はほんのりピンク色で、今にも肉汁が溢れ出しそうだ。あの毒々しい肉をどうやったらこんな風に調理できるのか謎だ。

炭火でゆっくりと焼かれ、燻製《くんせい》の香りが立ち込めるリブ。肉の表面には炭焼きの痕跡があり、特製のソースが厚く塗られている。これは匂いがたまらない。

肉と共に香り高いハーブとスパイスが煮込まれたスープ。美しい黄金の色をしている。野菜と一緒に長時間煮込んだことで、肉の旨みがスープに溶け込んでいるらしい。あの肉に毒じゃなくて旨みがあったなんて驚きだ。

薄く焼かれたパンのようなものに、香ばしく焼かれた肉と新鮮な野菜が巻かれた変わった料理もあった。ドリスというドルセンの郷土料理らしい。これは酸味のある変わったソースで味付けされており、屋台で出せば飛ぶように売れそうな見た目をしている。

モンスターの肉でなくとも、こんな美味しそうな料理の数々をファルーンで食べることはなかなか難しいであろう。なんせ、うちの国は基本的には田舎だからね。

「モンスターの肉を調理するにあたっては、ミルクに長時間漬け込むことで臭みを消すと同時に柔らかく仕上げました」

カーミラが連れてきた料理人ザブロが緊張した面持ちで説明した。髭をたくわえ、髪には白いものが目立つ初老の男である。いかにも腕が立ちそうな職人といった感じだ。

臭みを消すためだけにミルクをそんな風に使うだなんて、贅沢な料理もあったものだ。ファルーンでは思いつきもしない調理方法だろう。

「ただその……臭みを消しても毒性までは消せなかったもので、わたし自身は味見ができておりません。味はカーミラ様とルイーダ様に確認をお願い致しました」

料理人は申し訳なさそうに述べた。そりゃそうだろう。食べたら死んじゃうもの。

「味はわたしが保証します」

カーミラがふくよかな胸に手を当てて言った。

「これぞドルセンの料理です。肉料理に限定されてしまったので気品に欠けるのは残念ですが、あの悪魔の肉をここまで美味しく仕上げられる料理人は他におりません！」

うんうん、確かに。見た目はとても美味しそうだ。

「わたしも調理に協力したけど、この料理こそ人間が食べるべきものよ」

カーミラを支持しているルイーダも、この料理に自信を持っているようだ。

「では、こちらの料理はまずは陛下に味見をして頂きましょう」

僕のためにカーミラが皿に料理を取り分けてくれた。

その妻らしい行動が嬉しい。ありがたく頂くとしよう。

「待て」

皿を僕のところに持ってこようとしたカーミラの前に、オグマが立ちふさがった。

「その料理を陛下に食べさせるのは駄目だ」

え？　何で？

「……どういうつもりですか？　わたしが陛下に毒でも盛っているとでも？」

カーミラが険しい目つきでオグマを睨んだ。

「陛下を愚弄《ぐろう》するな！　毒如きでどうにかなる御方なら、食事の度にモンスターの肉の毒でとっくに亡くなられておるわ！」

オグマが一喝した。

何に怒っているんだ、おまえは？

王様が毒ばっかり食べている状況のほうに疑問を抱けよ。

「そうですぞ、カーミラ様。毒で殺せているのであれば、わたしがとっくに殺していましたとも」

ガマラスさん!?

「……では、何が問題でして?」

オグマとガマラスの言葉に、毒気を抜かれたカーミラは平静を取り戻したようだ。

「ゼロス王は力の求道者たる存在。たとえ一食とはいえ、力を伸ばす効果の薄い肉を食べさせるわけにはいかねぇ。陛下は常に無謬《むびゅう》でなくてはならないのだ!」

勝手に人の存在を定義しないでもらえませんか? 僕は目の前の美味しそうな料理が食べたいんですけど?

「ではどうしろと?」

「味見は俺たちがする。犠牲になるのは俺たちだけで十分だ」

そう言うと、オグマはおもむろにステーキにかぶりついた。

「……うめぇ。さすがドルセンの一流の料理人の仕事だぜ」

「美味しい」

いつの間にかフラウが、リスのようにドリスを齧っていた。

「このリブも絶品ですな。ソースが素晴らしい」

ヤマトも美味しそうにリブを頬張っている。

「このスープもなかなか深みのある味だ。肉と野菜とスパイスが絶妙なハーモニーを醸《かも》し出している」

クロムがスープの出来栄えを褒め称えた。

モンスターの肉が食べられないガマラス以外の家臣たちは、それはそれは美味しそうに料理に舌鼓を打っている。

ちなみに僕の目の前にはオグマが立っているので、料理に手を伸ばすことができない。

……嫌がらせか？　わざとか、わざとやっているんだろう!?

「オグマよ、わたしはおまえに言ったな？　自分たちで確かめろと。何故、この料理が効果が薄いと決めつけているのだ？」

僕は王様らしく威厳を込めてオグマに注意した。

いいから、僕の前からどいてくれ。僕も料理が食べたいんだ。

「はっ！　もちろん確かめました！」

「えっ？」

「おい、入って来い」

オグマが扉の外に声をかけた。

すると、そこからふたりの男が部屋の中へと入ってきた。

まだ若い。顔にあどけなさが残っている。恐らく16かそこらで、ぎりぎりハンドレッドに入れるくらいの年頃だろう。

ふたりの顔はとてもよく似ているのだが、身体つきがまったく違った。

ひとりは細身だが、年の割にはまあまあしっかりした身体をしている。

それに比べて、もうひとりはがっしりと鍛えられた身体をしていた。隣の男と比較すると一回り身体が大きく見える。成人の男として見ても、なかなかのものだ。

「何だ、そのふたりは？」

「ハンドレッドの新人です。そして」

オグマがふたりを指差した。

「双子です」

双子？　確かに顔は似ているが身体つきが全然違うぞ？

「どういうことかしら？」

僕の思っていたことをカーミラが聞いた。

「ああ、俺はこいつらのひとりにモンスターの生肉を、もうひとりに調理したモンスターの肉を食わせ続けたんだ。この数か月間ずっとな。言うまでもないが、肉を食う前はこいつらの体格はまったく同じだった。それがこの有様だ」

答えたオグマは自慢げである。

いや、おまえ、それって人体実験って言うんじゃ……。

「おい、アベル、生肉を食っていて、どう思った？」

オグマは体格が良い方の双子に呼びかけた。

「はい！　最初は生肉を食べるのが辛くて、カインの食べている調理した肉が羨ましかったこともありました。しかし、筋肉の付き方に差がついてくるにつれて、力も自分のほうが強くなり、途中からは生肉を食べられる喜びのほうが強くなりました！　自分は一生モンスターの生肉しか食いません！」

アベルは姿勢を正してはきはきと答えた。

「カイン、おまえはどうだ？」

「はい！　自分も最初は調理した肉のほうが食べやすかったので、調理した肉で良かったと思っていました。ところが、まったく同じように育ってきたはずのアベルと筋肉の付き方に差ができてしまい、力でも負けてしまい、今では歯がゆい思いをしています。自分も早く生肉が食いたいです！」

カインは悔し気な表情を浮かべている。

「これで陛下の言っていたことが学術的に正しいと立証された！　確かにこの料理は美味《うま》い！

だが、覇者たるゼロス王には不要なものなのだ！」

いや、覇者じゃないし、不要じゃないし。

「なるほど。力こそ正義であるファルーンにおいては、モンスターの生肉が最適であると、そういうことですか」

カーミラが落胆している。

おい！　何で負けを認めようとしているんだよ？　僕はまだ料理を食べていないんだ！　頼むから反論してくれ！

「確かに。陛下には、いやハンドレッドには生肉こそがふさわしいようね」

ルイーダも残念そうにうなだれている。

待て。おまえたちは、僕に一生モンスターの生肉を食って生きていけと言うのか？　僕も人間らしい食生活を送りたいんですけど？

助けになる者がいないかと周りを見回してみると、わざわざドルセンから連れてこられたザブロが悲しそうにつぶやいていた。

「それではわたしの努力は一体……」

これだ！　こいつを利用しよう！

「ザブロよ、大儀であった。おまえの努力を無駄にすることなど、このわたしが許しはしない。

おまえの料理はしっかりとファルーンのために役立てよう」

　この流れなら、僕が料理を食べることを邪魔するヤツはいないだろう。

　そう、これはファルーンのためなのである。そのためには王が自ら料理を口にしなければ始まらない。

　僕が自然な感じで皿に手を伸ばそうとしたそのとき、ガマラスが叫んだ。

「なるほど、そういうことでしたか、陛下！」

　そういうことって、どういうこと？

「そういうこととは何だ、ガマラス殿？」

　クロムが問い質《ただ》した。

「陛下はザブロ殿にモンスターの肉に挑戦させることで、新たな調理方法を確立し、ファルーン独自の食文化を生み出そうとしていたのですよ！」

　……何それ？

「新たな食文化？」

　クロムが首をかしげた。

「我が国は辺境ゆえ、特色となるような料理が今までありませんでした。そのため、闘技場目的で他国からやって来た者たちには、食事がいまいち不評だったわけです。これはずっと懸念されていたことでした。

そこでこの料理です！　モンスターの肉を美味しく出来る調理方法なら、普通の肉ならもっと美味しくなるはず。それをファルーン独自の料理として喧伝すれば、人気が出ること間違いありません！　陛下はこれを狙って、カーミラ様に敢《あ》えてモンスターの肉の改善をさせたのです！」

いや、そんなこと狙っていませんけど？

「なるほど、さすがは陛下。なされることに無駄がない」

クロムが納得してしまった。

オグマやヤマト、カーミラまでもが感心した顔で僕を見ている。

違いますよ？　僕はそんな効果狙っていませんから。

「ということは、わたしの料理は？」

ザブロの表情が明るくなった。

「ファルーン全土に広まることでしょう。ザブロ殿はファルーンの食の伝道者として長らく語り継がれることになります！」

ガマラスがザブロの手を握って力強く答えた。

「何と！　それは料理人冥利に尽きるというもの！　かくなる上はわたしもファルーンに骨を

埋《うず》める覚悟で腕を振るいたいと思います！」

ザブロが手を強く握り返した。

いや、それはいいんだけどさ。僕にも料理を食べさせてよ。

そんな僕の表情に気付いたのか、オグマが声をかけてきた。

「陛下。お待たせして申し訳ない。我々だけ食事をしてしまって、さぞかし空腹になったことでしょう」

おお、やっと料理を食べさせてもらえるのか。

「俺が陛下のために新鮮なモンスターの肉を用意したので、是非お召し上がりください」

僕の前に紫色の毒々しい生肉が勢いよく置かれた。

……凄いな、ザブロの調理したステーキとはえらい違いだ。同じ物体とは思えないや。

結局、僕はその生肉を食べた。気のせいか、視界が霞んで肉がよく見えなかった。

とにかく、その肉が死ぬほど不味かったことだけを覚えている。

その後、ザブロの料理はガマラス主導のもと、ファルーン全土に広がり、ファルーンの肉料理として有名になっていった。

ちなみに僕は未だにその肉料理を食べていない。

カーミラが僕の第二妃になってから1年ほど経った。

オグマが食事の管理をし、ヤマトが鍛錬を課し、フラウが魔法を教えることで、カーミラは急速に強くなった。

初めはホームシックなのか、食事の場でも寝室でもよく泣いていたカーミラだったが、今では大分調子を取り戻している。

カーミラの従者たちによると、「人柄が優しくなって立派になられた」らしい。多分、ファルーンの素朴な環境が彼女を変えてくれたに違いない。

そのカーミラだが、先日懐妊した。フラウはすでに男の子を出産しているので、2人目となるはずだ。


ハンドレッドでも変化が起こっている。

騎士や戦士たちだけでなく、魔導士もハンドレッドへ参加するようになったのだ。また、男だけでなく、女性も参加するようになった。

どうも、闘技場で行われたフラウとカーミラの戦いを見て、魔導士でも騎士たちと戦えると思った者たちが参加を希望しているようだ。同様に、フラウやカーミラのように強くなりたいと思った女性たちが、ハンドレッドに参加し始めている。

オグマによると、ハンドレッドが求めているのは力なので、魔法使いだろうが、女だろうが、力がある者は拒まないそうだ。

まあ、そこまではいいのだが、困ったことも起きた。

強い女は、王妃の座に挑める、もしくは僕の妻になれる、という噂が流布《るふ》しているらしい。

これもフラウとカーミラの戦いの話が広まった結果なのだが、別に僕は強い女が好みなわけではない。

結果的に王妃が『雷帝』、第二妃が『狂乱の皇女』となっただけである。

……よく考えてみれば、何で妃がふたりとも二つ名持ちなんだろう？

ともかく、オーガみたいな筋骨隆々の女が妻に名乗りを上げても困るので、その噂はすぐに打ち消すよう指示を出そうとした。

しかし、思わぬところから反対意見が出た。

フラウとカーミラである。

「妻は増やすべき」

フラウはいつも通りの無感情で話すので、何を考えているかわからない。

「お姉さまの言う通り、王たる者、もっと妻を増やすべきです」

何故か、カーミラもフラウに同調している。

「いや、僕はフラウを愛している。カーミラのことだってそうだ。だからこれ以上、妻を増やす気はないよ？ もし、僕に至らない点があるなら言って欲しい。出来る限りの愛を持って君たちに接するつもりだ」

「愛はもう要りません！」

僕の誠意ある言葉を、カーミラは冷たく拒絶した。ひど過ぎる。

「お姉さまもわたしも、愛よりも他の妻が欲しいのです。せめて後3人は増やして下さいまし」

「何でそんなにいっぱい……」

「わたしは身籠りましたし、お姉さまは子育て中です。陛下のお相手はできません！」

カーミラは断言した。

妃の数など少ない方が良いに決まっている。金もかかるし、後の争いのもとになる。

そう思って、他の者たちにも話を聞いてみた。

ガマラスはフラウとカーミラから話を聞いていたらしく、

「そうですな。王妃様方の務めも大変なようなので、分担されるのも宜しいかと……」

奥歯に物が挟まったかのような言い方で、彼女たちの言い分を肯定した。

王妃の務めって何？　何かやっていたっけ？

ハンドレッドの連中に聞いたところ、

「増やした方が宜しいかと存じます」

と全員から言われた。

理由としては「戦力の強化に繋がるから」とのこと。

そういうわけで、僕の新たな妃候補の選考会が闘技場で開催されることとなった。

X◆妃の条件

『来たれ、ファルーンの新たなる妃！

身分、前歴、前科は問わない！

礼儀作法不要、金銭は一切必要なし！

求めるのは力のみ！

ファルーンの王があなたの応募を待っている！』


これは国内外に配布された妃候補選考会の内容である。

……傭兵部隊の募集にしか見えないのだが？

一体、僕は何と結婚させられるのだろうか？

正妃ではないにしろ、一国の妃なのだから前科くらいは問うべきだろう。

せめて、年齢制限とか容姿による制限を入れて欲しい。どんな女性が集まるのか甚だ不安だ。

乗り気ではなかったものの、どうせなら可愛《かわい》い女性が良いに決まっている。

『雷帝』『狂乱の皇女』ときて、これ以上とんでもないのが来たら、この国の未来はどうなってしまうのだろうか？

そんな僕の不安をよそに、募集から数か月経ったある日、ガマラスから報告が来た。

「陛下、国内外から順調に妃候補者が集まっております。つきましては『妃候補選考会』と題した武闘会を開催致しますので、ご了承いただければと思います」

「舞踏会？」

「武闘会でございます」

おや、随分と雅《みやび》な選考で篩《ふるい》にかけるものだな。ガマラスも多少は思うところがあったのだろう。さすがに妃候補ともなれば、貴族的な素養も必要だという認識に至ったに違いない。

「もちろん、異存はない。そういう催し物で選考するのは結構なことだ」

「ありがとうございます。選考会場としては、闘技場を予定しております」

闘技場？　ダンスを披露するのに会場が闘技場とはどうなのだろう？

まあ、この城もあまり広くはないし、新たな妃候補を民衆にお披露目する場としても、闘技場のほうが適当ということかな？

「よかろう。では闘技場で選考会を行うとしよう」

「畏まりました。では準備のほうを進めさせていただきます」

こうして、ガマラスが準備を着々と整え、妃候補選考会の当日を迎えた。

僕とフラウ、カーミラは貴賓席で観覧することになっており、他にもガマラス、オグマ、ヤマトといった臣下が側に控えている。

「活《い》きのいいのがいるといいですわね、お姉さま」

上機嫌でカーミラがフラウに話しかけた。カーミラのお腹は大きくなってきているが、ゆったりとした服を着ているので、それほど目立たない。

「期待している」

フラウはまだ1才にもならない息子のアーサーをあやしていた。

……空中に浮かべて。

妊娠期間のリハビリを兼ねて、フラウは子供に浮遊魔法をかけている。

何か怖いから止めて欲しいのだが、当のアーサーがキャッキャッと喜んでいるので、仕方なく黙認していた。

アーサーの周囲には魔法による結界が何重にも張られているので、安全性は高いらしい。

「ガマラス、妃候補はどんなのがいるんだ？」

僕は妃候補について詳しく知らされていない。

「はい。陛下の新たな妃として、大陸各地から選りすぐりの人材が集まっています」

選りすぐり……ひょっとして絶世の美姫とかが来ているのだろうか？　あんな募集内容でも、一国の妃を選ぶのだから、女性のレベルは高いのかもしれない。

「ちょうど入場してきました。あちらをご覧ください」

ガマラスが指し示した闘技場の入場口から、数十人の女性が入ってきた。

ほとんど全員完全武装である。

何で舞踏会なのに武装しているんだ？

「先頭にいるのが、カスパーヌ山地で暁の盗賊団を率いていたミネルバです。スカーフェイスの名で知られ、各国の討伐軍とも渡り合ったとかで腕は確かです」

先頭を堂々と歩いているのは、顔に大きな傷跡のある大柄な女だった。

長く赤みがかった髪で、表情には不敵な笑みを浮かべている。美人と言えば美人だが、見るからに悪そうな顔をしていた。

「盗賊団？　それは大丈夫なのか？」

「金貨千枚の賞金首ということで、強さという意味では疑いはありません。本人は『国を盗みに来た』と豪語しているらしいので、メンタルも強く、大丈夫だと思います」

それは何がどう大丈夫なんだ？　金貨千枚って、そんなのと結婚したら賞金目当てに城に冒険者が殺到するんじゃないのか？　国を盗むつもりとか、単なる危険人物だろうが。

「他にはですね、背中に2本の剣を背負っているのが、双剣のシーラと呼ばれるSランクの冒険者です。今回の優勝候補と目され、一番人気です」

　ミネルバの後方にそれらしき女性の姿があった。一般的に冒険者のランクはAランクが最高とされるのだが、Sランクはそれを越える冒険者の頂点に存在する者たちに与えられる特別なランクで、かなり数は少ない。

　というか、シーラがミネルバをじっと見てない？　あれは冒険者として賞金首を狙っているんじゃないのか？

「待て、一番人気とは何だ？」

「はい。一番人気とはオッズの話です。今回は試合ごとの賭けとは別に、誰が優勝するかでも賭けることができる仕組みになっております。陛下のおかげで、今回も大盛況でして、すでにかなりの額が動いております。これでまた国庫が潤いますな」

　ガマラスは嬉しそうに言った。

　試合？　優勝？　賭けの対象になっている？

「舞踏会だよな？」

「武闘会ですが？」

あれ？　ひょっとして字が違う？

待て、どこの世界に妃候補同士を戦わせて、結婚相手を決める国があるよ？

この国は未開の地の蛮族なのか？　こんなことをしているから、ドルセン王から常識が無いとか言われるんだよ。

「他にはですな、炎狐《えんこ》傭兵団の頭目レイア、凄腕のアサシンとして知られるシャーリーなどが有名どころとなっております」

ガマラスはさらにふたりの妃候補の名を挙げた。傭兵とアサシンですか、そりゃあの募集内容を見たら、そういうのが集まるわな。

「陛下」

オグマが声をかけてきた。

「今回はハンドレッドからも代表をひとり選抜して送りこみました。陛下もご存じかと思いますが、カレンです」

そう言って、オグマが指し示した先には、見知った顔があった。16才からハンドレッドに参加し、近頃メキメキと頭角を現しているカレンだ。下位のほうだがランカー入りも果たしている。

カレンと僕の付き合いは意外と古い。カレンがまだ小さかった頃、魔獣の森に迷い込んでしまったことがあって、それでモンスターに襲われていたところを僕が保護してあげたのだ。

カレンの家は貧しく、何か食べる物がないかと思って、森に食べ物を探しに来たということだった。それは僕の境遇と通じるものがあったので、かわいそうに思って、木の実とか果実を取って渡してやった。

実はあの森の木の実とか果実って食べられるのか気になっていたんだけど、僕とかハンドレッドのメンバーは毒耐性があるから、判断つかなかったんだよね。

それをカレンが食べてくれたので、食用になるということが判明したわけだ。おかげで森を開拓するときに、そのへんの知識が役に立った。

で、僕はそれ以来、カレンになつかれた。「お兄ちゃん」とか呼んでくれたので悪い気はしなかったのだが、さすがに国王となった後は「マルス様」と呼ぶようになっている。

何故かその後、カレンはハンドレッドに入り、今に至るというわけだ。

「あいつは陛下と戦うのを楽しみにしていましたので、この機会を逃したくないと参加を希望したみたいです」

何で僕と戦いたくて結婚相手に立候補するんだよ？　夫婦喧嘩でもしたいのか？

自分の勘違いやら何やらで頭を抱えていると、候補者の中のひとりの女性の姿が目に入った。

白くのっぺりしたシンプルな仮面を被った赤髪の女性だ。肩に小さな白いトカゲのような動物を乗せている。

その姿を見たとたん、背筋に冷たいものが走った。

「おい、あの仮面の女は誰だ？」

ガマラスに聞いた。

「仮面の女性ですか？　カサンドラと名乗ったくらいで、特にこれと言った情報はありませんが……」

師匠じゃねぇか！　ここ10年くらい噂も聞かず、消息不明だったのに、何でこんなところに姿を現しているんだ？

長いこと表舞台から姿を消していたので、ガマラスもまさかあれが剣聖だとは思っていないようだ。

仮面の女が僕に気づいて、軽く手を挙げた。

……ああ、やっぱり師匠だ。間違いない。

僕も仕方なく手を挙げる。

「陛下、お知り合いですか？」

ガマラスが驚いた顔で僕を見た。

「ガマラス、優勝者を決める賭けだが、わたしはあの仮面の女に全財産賭けるぞ」

闘技場に揃った妃候補たちだが、ほぼ全員が剣呑《けんのん》な雰囲気を漂わせていた。

「それではただいまより、妃候補選考会を開始いたしま……」

「待てよ」

選考会開始を告げるアナウンスに、待ったをかける声が上がった。ミネルバだ。

「とりあえず、妃になってやるのはいいとして、その後、王妃の座にも挑戦できるのか？　去年の『狂乱の皇女』が試合したみたいにさ。わたしは誰かの風下に立つのは好きじゃないんだ。そこのところをはっきりさせて欲しいな」

さすが盗賊。まったく遠慮がない発言をして、場の空気を凍らせた。だが、他のほとんどの参加者たちも同意なのか、特にそれを止める様子もない。ハンドレッドに所属するカレンだけがオロオロしていた。

「活きが良いのは結構ですけど、場を弁《わきま》えないのはいけませんね」

カーミラが席から立ち上がった。

「妃になるのですから、まずは陛下に跪くところから始めませんと」

おまえだって跪いたことないだろ、という僕の心の声は届かず、カーミラの青い瞳が朱色へと変化した。

重力の魔眼だ。だが、その威力は1年前の比ではない。魔力、身体能力を向上させると共に、魔眼の威力も上がっている。

その眼を見た候補者たちが次々と膝を折っていった。ミネルバ、シーラといった優勝候補たちは何とかこらえているが、見るからに辛そうだ。

師匠はというと、面白そうにカーミラの方を見ていた。もちろん、平然としている。

「……なかなか頑張りますわね。良いでしょう。今立っている人だけで試合を行いなさい。残りは失格です。この程度の力に屈するようでは、陛下のお相手は務まりません。王妃になりたかったら、まずは優勝して、それから、わたしに挑戦しなさいな。あなたがたではお姉さまの相手は早過ぎます」

カーミラの言葉に、さすがのミネルバも何も言い返さなかった。今の魔眼で実力差を思い知ったらしい。

妃候補は30人くらいいたが、今立っているのは8人。

ミネルバ、シーラ、レイア、シャーリー、カレン、そして師匠は当然残っている。

ガマラスは大会を運営しているスタッフを呼びつけて、カーミラのせいで大きく変わった大会内容の変更をしていた。こいつも臨機応変に対応できるなぁ。

しばらくして、場内にアナウンスが流れた。

「……では今残っている8名の候補者でトーナメント形式による武闘会を行いたいと思います。まず抽選による組み合わせを行った後、休憩を挟みまして、午後より試合を開始致します」

賭けのオッズやら何やらで運営も大変なのだろう。少し時間を取ってからの試合開始が決まった。

候補者たちがくじを引いて、トーナメント表が作成されていく。

正直、組み合わせに興味はない。どうせ勝つ人は決まっているのだから。

師匠もくじを引いて、トーナメント表を確認もせずに会場を後にした。

僕も「しばらく席を外す」と言って、貴賓席を立った。


「やはり、こちらでしたか」

城の裏手の魔獣の森で、僕は師匠の姿を発見した。いつも師匠と待ち合わせていた場所だ。

正直、闘技場からかなりの距離があるが、師匠や僕にとってはどうということはない。

「大きくなったな、マルス」

師匠が仮面を外した。その素顔は10年前と変わらない。

……いや変わってなさすぎやしないか？

「師匠、あの、まったく年を取っていないように見えますが？」

「ん？　ああ、10年くらい凍っていたからな。肉体的には変化がないはずだ」

何でもなさそうに師匠は答えた。

「10年凍っていた？　何でそんなことに？」

「この国を出た後、北へ向かったんだよ。はるか北の島にいるという白竜を倒しにな」

北の白竜。神代から生きていると言われ、おとぎ話にも出てくるような存在だ。ほとんど神と同一視されており、万物を凍らせるブレスを吐くと言われている。

「はあ、それで凍っていたということは負けたんですか？」

「いや勝ったぞ？　3日3晩戦って、わたしが勝った。ただ、白竜のやつが倒れる直前に、強力な凍結の呪いを放ったんだ。それで凍っていた」

（それで10年凍っていたんだから、勝ったとはいえないのでは？）

と思ったが、機嫌を損ねるのが怖いので、口には出さなかった。

「では、北の白竜は死んだのですか？」

北の白竜は別に邪悪な存在ではない。どちらかといえば善寄りとされる存在だ。そんなのを殺してしまって良かったのだろうか？

「いや生きているぞ。わたしの肩に乗っかっている」

師匠の肩に乗っていた白いトカゲがピィと鳴いた。

「……これが白竜ですか？」

「そうだ。わたしが凍っている間に転生したみたいでな。わたしが復活したときには幼体となっていた。で、身体が小さいうちにどこか行きたいと言って、わたしに付いてきた」

「復活って、どうやったんですか？」

普通、氷漬けにされていたら、そのまま死ぬと思うけど。

「ん？　10年間気合を入れ続けただけだが？」

そんな芸当ができるのはこの人だけだろう。凍って亡くなった人たちに謝って欲しい。

「じゃあ、そのトカゲは意思の疎通ができるんですか？」

「できるぞ。念話で話せる」

(よろしくな)

僕の頭に直接声のようなものが届いた。ちょっと、たどたどしい声だ。これが白竜の念話か。

「なるほど、わかりました。それで今回は何でファルーンに来たんですか？」

「うむ。あの忌まわしい氷を溶かすのに10年かかったわけだが、その間にわたしも色々考えた。最初は次は何を倒そうか考えていたんだ。神にしようか、魔王にしようか、とか」

そのへんを倒すのは世界的に迷惑がかかると思うので止めて欲しい。

「だが、凍っている時間が長くてな、次第にもっと先のことを考えるようになったんだ。わたしもずっと若いままではないし、戦ってばかりもいられないのではないかと」

おお、10年の歳月はこのバトルジャンキーに人の心を取り戻させたのか。

「で、子供を作ろうと思ったわけだ。せっかく女に生まれたのだから、最強の子供を育ててみたいと思ってな」

教育方針が最悪である。人の心は最初から無かったようだ。

「……子供ですか。何との間で子供を作るんですか？　ドラゴンですか？　魔神ですか？」

この人についていける子供を作ることができるのは、そのへんくらいなものだろう。

「おまえ、わたしを何だと思っているんだ？　わたしはこれでも美人として知られていたんだぞ？」

確かに師匠は美人といっても差し支えないだろう。性格的には甚だ問題があると思うが。

「え？　じゃあ男と付き合ったことがあるんですか？」

「ない。わたしより弱い男と付き合う気がなかった」

「その条件だと、師匠が人間と付き合うことは不可能なのでは？」

剣聖の称号は最強の人間に与えられる。それに勝てる相手など存在するはずがない。

「うむ。今回はそのへんを妥協することにした。それで色々考えたんだ。誰が良いかを。で、思い浮かんだのが、おまえの顔だった」

「僕ですか!?」

「そうだ。おまえは筋が良かったからな。10年も経てば強くなっているだろうと思っていた。あと年齢的にもちょうど良くなっていると思っていたしな」

そう言って、師匠は僕の身体をじっと見た。

「言った通り、毎日モンスターの肉は食べているようだな。アクセサリーもしっかり身に着けているようだし、鍛錬も欠かしてないと見える。これなら問題ないな」

どうやら、修行をさぼっていたとは見なされなかったようだ。良かった、殺されなくて。だけど、結婚はしたくない。何が悲しくて、あの地獄のような修行をさせられた相手と結婚しなくてはならないのか。苦行がフラッシュバックして、愛せる自信がまったく無かった。

「師匠、世界は広いのですから、師匠にふさわしい相手はもっと他にいるのでは？」

「何を言う、ちょうどいいじゃないか。おまえも新しい妃を探していたのだろう？　それも『求めるのは力のみ』とあったぞ？　わたしがピッタリじゃないか」

……そうっすね。ピッタリですね。


僕は師匠と別れると闘技場へ戻った。

しかし、家臣たちが待っている貴賓席へとわざわざ戻るような真似《まね》はしない。

自然な感じで席を外してきたが、これは千載一遇のチャンスなのだ。

何故なら、あいつらと一緒にいると、いつまで経ってもモンスターの肉しか食えない。

闘技場の周りには出店がいっぱいあるのだ。ザブロが作った肉料理も当然のように売られている。あれは各方面から「こんな美味しい肉料理、食べたことが無い！」と大評判なのだ。王様である僕の口には一切入ってこないというのに。

しかし、今日でそれもおしまいである。出店で買って食べてしまえばいい。簡単なことだ。

いつもは家臣たちに囲まれて好きに動くことはできないが、今ならそれができる。

僕は出店へと走った。金ならいっぱい持ってきている。抜かりはない。

金貨を握りしめ、夢にまで見た美味しいお肉の味を想像して、口の中は唾でいっぱいになった。

闘技場の周りには色とりどりの幕を張った出店が立ち並んでおり、香ばしい肉の香りと甘辛いであろうソースの匂いを漂わせている。これの誘惑に抵抗できる人間などいやしないだろう。午後からの試合を前に、どの店も盛況のようだ。

ところが、僕が出店の近くまで行ってみると騒ぎが起きていた。

ひとりの出店の女店員を5、6人で取り囲んでいる連中がいる。傭兵と野盗の中間くらいの汚い恰好をしていて、見るからにガラが悪い。

「ちゃんとお代は払ってください！」

出店の女店員さんが気丈にもガラの悪い連中に訴えかけていた。

「知っているんだぜ、俺たちはよ。ファルーンって国は力さえあれば何をしたっていいんだろう？　肉の1枚や2枚食われたくらいで、ぎゃーぎゃーと騒ぐなよ？　ゼロス王は力で国を盗《と》ったんだろう？　それに比べれば大したことないじゃねぇか」

リーダー格の男がからかうように言った。少し痩せていて狡猾《こうかつ》そうな目をしていて、どこか狐《きつね》を連想させるような風貌をしている。薄汚れた鎧に腰には湾曲した剣を下げていた。

何て酷い風評被害だろうか。ファルーンを修羅の国か何かと勘違いしてやしないか？

ここはちゃんとした法治国家なんだが？

「陛下は国を盗めるぐらい強いから許されるのです！　盗みを働く程度の強さではファルーンでは許されません！」

女店員が言い返した。

……いや、そういうことじゃないんだけどね？　強ければ許されるという発想自体を否定して欲しい。強ければ良いってわけじゃないんだよ？

「なら問題ねぇな。俺たちの頭《かしら》はファルーンのお妃様になるんだ。そうなれば、俺たちもゼロス王の配下ってわけよ。わかったか？」

あーミネルバの手下か。確か『暁の盗賊団』とか言っていたな。道理でガラが悪いわけだ。盗賊団だもんな。面倒くさいから関わらずにお肉が食べたいんだけど、もし僕の顔を知っている人間が目撃していたら、

「陛下が臣民を見捨てて肉を食べていた！」

とか言われちゃうんだろうなぁ。そしたら、買い食いしたことがオグマたちにもバレちゃうし、仕方ないから助けないと。

「お金はちゃんと払わないと駄目だよ？」

僕は暁の盗賊団の連中の側に行って、優しく声をかけた。

いきなり暴力を振るってはいけない。ファルーンは秩序ある国なのだ。

ちなみに僕は動きやすさを重視して、あまり派手な服は着ていないものの、身なりは良い。

それなりに身分が高いということは、見てわかるはずである。

「何だ、てめぇは？」

狐みたいな男が僕に絡んできた。僕の顔を知らないとは、さすが余所者《よそもの》。

「君が話していたゼロスさ」

さっそく、僕は王としての身分を明かした。こういうの、やってみたかったんだよね。

実は……からの、みんなが恐れおののいて「ははぁっ！」ってなるやつ。

「ゼロス王だと？」

狐男が鼻で嗤った。

「おまえみたいな貴族のボンボンみたいなヤツが、ゼロス王のわけがないだろう？　ゼロス王はな、モンスターの肉を喰らい、血をすするような男だ。悪魔の顔に鬼の身体を持つと言われているんだぞ？　名前を騙《かた》るなら鏡を見て出直してこい！」

悪魔の顔に鬼の身体って、人間らしい部分がひとつもないんですけど？

「そうですよ、お兄さん」

店員のお姉さんも心配した顔をしている。

「ゼロス王は呪われた装備を身に纏っているため、黒い鎧を外すことができず、いつも血を求めて戦う相手を探しているような方なんですよ？　わたしを助けようとしてくれたことには感謝しますが、ゼロス王の名前を騙るとハンドレッドの人たちに殺されますよ？」

どうやら一般市民も僕の顔を認識しておらず、黒い鎧＝自分の国の王様だと思っているらしい。本体は黒い鎧のほうかよ。

そりゃまあ闘技場ではいつも黒い鎧を着ているし、顔も兜で隠れているから、わからないのも仕方ないかもしれないな。

今度、僕の顔が刻印された金貨でも作らせよう。

「いや、本当なんだけどね。とにかく、お金を払いたまえ。ファルーンは法治国家だ。力で物事を解決するような国ではない」

「はっ！　ゼロスの名前を騙るようなヤツに言われたくねぇなぁ。おまえが本当にゼロスだったら力を示して見ろよ！」

そうだそうだ、と他の暁の盗賊団の連中も、下卑《げび》た笑いを浮かべて野次を飛ばした。

「いや、だからね。暴力は良くないと言っているんだ。人間なんだから言葉が通じるだろう？狐っぽいのは顔だけにしてくれ」

「あん？　狐だと？」

親しみを込めて「狐っぽい」と言ったのだが、どうやらお気に召さなかったらしい。

額に青筋を立てている。

「兄貴に狐って言いやがった」

「それだけは禁句なのに」

他のゴロツキどもが騒めいている。

「それだけ似ていて禁句ってことはないだろう？　むしろ、寄せていたと思ったくらいなんだけど？」

「死んだぞ、てめぇ！」

狐が腰から湾曲した剣を抜いた。シミターと呼ばれているものだ。盗賊が好んで使う武器で、鎧を着た相手には不向きだが扱いやすいらしい。

「きゃーっ！」

女店員さんが悲鳴を上げた。いつの間にか集まっていた野次馬たちが後ずさった。

これだけ人が集まって、誰も王様の顔を知らない国って一体……。

「待て、話せばわかる。武器を置け、狐。暴力は良くないぞ？」

僕は必死に説得を試みた。力を使うのは簡単だ。しかし、僕は王様である。国民の手本にならなければならない。だから、格好良く言葉だけで相手を説得したいのだ。

「狐って言うんじゃねぇ！」

説得も虚しく狐が斬りかかってきた。なかなかの踏み込みである。それなりに場数は踏んでいるようだ。

その一撃を、右手の人差し指と中指で挟みこんで止めた。これは格好いい。

「なっ！」

驚愕する狐。僕はそのまま指先に力を入れた。

パリン、と乾いた音を立てて砕けたシミターの刃先はゆっくりと地面に落下した。

「何だ、てめぇ!?　何をしやがった？」

え？　今の格好いい技を見て、何も思うところは無いの？　相当の実力差がないとできない芸当なんだよ、これ？

早く地べたに這いつくばって謝罪してくれないかな？

「おい、おまえらもやっちまえ！」

狐の言葉で、他の5人の暁の盗賊団が襲いかかってきた。武器はシミターとか剣とか斧とか色々である。

「待て、話し合おう！」

まっさきにシミターを構えて飛びかかってきた男を止めようとして、胸に手を軽く当てたら盛大に吹っ飛んでいった。

「暴力はやめろ！」

次の男は斧で襲いかかってきたので、その斧を足で蹴り飛ばしたら、相手の腕が変な方向に曲がった。男は悲鳴を上げて、のたうち回っている。

「戦いでは何も解決しない！」

３人目は背後から剣で斬りかかってきたので、相手の腕を掴んで投げ飛ばしたら、地面が陥没した。ちょっと血を吐いているけど生きているはず。

「すぐに力に頼るのは、野蛮人のすることだぞ？」

４人目はちょっと怯んでいたので、肩を掴んで説得を試みたが、力加減を間違って肩の骨を砕いてしまった。男は大げさに痛がっていたが、ちょっと鍛え方が足りないと思う。

「話を聞け！」

背中を見せた５人目の兜を後ろから掴んだが、兜が砕けて相手の頭を直《じか》に掴む形となってしまった。何かにヒビが入ったような嫌な感触がしたので、慌てて手を離したのだが、彼はそのまま倒れてしまった。

うーん、せっかく話し合いで解決しようと思ったのに上手くいかない。仕方ないので、へたり込んで震える狐に説教をすることにした。

「おい、暴力は止めろ、って言ったよな?」

「はい……」

彼の声はか弱い乙女のようだった。

「何ですぐに力に頼ろうとするんだよ? おまえには口がついているだろう? 暴力じゃ何も解決しないんだぞ?」

狐は小刻みに頭を上下に動かした。

ようやく僕の言うことを理解してくれたらしい。言葉って重要。

「ちゃんと代金を払う気になったか?」

狐は涙を流しながら大きく頷いた。うん、これで一件落着だ。

「ゼロス王」

気付いたら周囲の人たちがみんな跪いていた。

「その容赦のない暴力。いつも闘技場で見せている御姿そのままでございます。貴方様がゼロス王であることは十分わかりました」

女の店員さんが恭しく言った。何か釈然としない理解の仕方だ。

「ああ、そんなに畏まらなくてもいいよ?」

そう、僕は王であることをひけらかしに、ここへ来たわけではない。

「少しお腹が減ってね。何か食べさせてもらおうと思っただけなんだ。もちろんお金は払うよ?」

このスマートな物言い。民衆たちの好感度もかなり上がったのではないだろうか?

ところが集まった民衆たちは一様に顔を強張らせた。

「とんでもございません、陛下! ここには陛下に差し出せるような食べ物は何ひとつないのです。申し訳ございません!」

そう言って、女店員が地面に頭を押し当てた。

「えっ? 何で?」

「ゼロス王がモンスターの肉を食べ、モンスターの血をすすって生きていらっしゃることはファルーンの常識。ですが、ここには普通の肉しか置いておらず、差し上げるわけにはいかないのです!」

どんな常識だよ! そんな生活を送っているヤツが……あ、いつもそういう食生活を送っていたわ。

「それにゼロス王に普通の肉を食べさせたと知られれば、ハンドレッドの方々が激怒することは目に見えております。あの方々は普段から『ゼロス王はモンスターの生肉しか食べぬ。生まれてからずっとだ!』と自慢しているのです。それにも拘わらず、わたしたちが普通の肉を食べさせたとなれば、あの人たちは許してくれないでしょう」

生まれてからずっとじゃねえよ！

しかし、考えてみればオグマたちは平気で店とかに八つ当たりしそうではある。基本、チンピラだし。それはさすがに店側がかわいそうだ。

「そうか、わかった。無理を言ってすまなかったね」

僕はそう言うと、そそくさとその場を後にした。

手に握りしめた金貨の感触が虚しい。あのお肉食べたかったな。

どうしよう。この国にいる限り、僕は普通の料理が食べられないらしい。

XI◆妃候補選考会

大会の開始時刻が近づいてきたので、僕は貴賓席に戻った。

トーナメント表がすでにあちこちに貼り出されていた。さっきトラブルを起こした暁の盗賊団の頭であるミネルバと師匠の名前も入っている。

さすがに師匠が結婚相手になるのは嫌だなぁ。自分の師だったし、10才くらい年上だった人だし、何というか気まずい。

他の7人の参加者の中に、師匠に勝てる逸材はいないだろうか？

……いや剣聖に勝てるような化け物がファルーン王家に入ってくるのは、それはそれで問題があるな。

唯一の希望は、師匠の着けている白い仮面だ。例によって呪われた仮面で、着けたが最後、視覚を完全に遮断してしまうらしい。

師匠はこれを鍛錬のために装備しているということだ。気配だけで敵を知覚できるようになるとか言っていたが、何のためにそんな苦行に身を置いているのか理解に苦しむ。目で見ればいいじゃん。

わざわざあの白い仮面を選んだのは、呪われていて簡単に外すことができなかったからしい。呪いをオプションか何かと勘違いしてないか？　結局、師匠自身に呪いへの耐性が付いたので、簡単に取り外しができるようになったようだが。

あと師匠には、武器を使わないようにお願いしておいた。

「師匠が剣を振るったら相手が死んでしまいますので、素手で戦ってください」

そう言ったら、

「なるほど、わかった」

と簡単に承諾してくれた。

これで視覚を失い、武器が無い状態なのだから対戦相手にも勝機があるはずだ。

あとは他の妃候補の健闘を祈るのみである。

僕が席に戻ると、ガマラスが尋ねてきた。

「陛下、今回は陛下も賭けに参加されるので？」

「うむ。カサンドラに可能な限り全額賭ける」

祈りと現実は別モノである。

ついに妃候補選考会という名の武闘会が始まった。

ファルーンの新たな妃を決める戦いということで、今回も観客席は超満員だ。

……王家に迎える女性をこんな形で決めることに、国民たちが何の疑問も持っていないことが怖い。

1回戦はミネルバ対レイア。

盗賊団の首領と傭兵団の頭目という気の強そうな女同士の戦いである。

ミネルバは槍のように長い戦斧を得物とし、レイアはオーソドックスに盾と剣を構えていた。

個人的は顔に傷があって大柄なミネルバより、金髪を短く切り揃えて男装の麗人みたいな趣のあるレイアのほうに勝って欲しい。単純に見た目の話だが。

試合はミネルバが戦斧を鞭のように振り回し、レイアがそれを防ぎつつ、相手の隙を窺う展開となった。

ふたりとも戦い慣れしている。グループをまとめているだけあって腕も立つ。ハンドレッドなら50位前後の力の持ち主といったところか。

戦いは膠着状態となり、ミネルバが疲れを見せて戦斧を大振りしたところに、レイアがすかさず踏み込んだ。

しかし、これはミネルバの誘いだった。ミネルバが鮮やかに戦斧を持ち換え、刃のついていない方の先端である石突《いしづき》を使って、レイアの剣を弾き飛ばすことに成功。間髪入れずに再び攻勢に転じた。

武器を失い、追い詰められたレイアは敗北を認めた。

「あの長さの戦斧を自在に扱うとは、かなりの腕力と技量を持ってますな。石突を臨機応変に使えるのは良いですね」

ヤマトはミネルバを評価した。

大口を叩くだけあって、力は本物のようだ。

でも師匠の次くらいにノーサンキューなんだよね、彼女は。

2回戦は師匠対ノーア。

ノーアは魔導士でローブ姿に杖を構えている。

「魔力はまあまあ」とフラウが評した。

ということはなかなかの実力者ということだろう。

茶色い髪は流れるように長くて綺麗で、顔は可愛らしい。

どうせならこういう子が良い。是非勝って欲しいものだ。

一方、師匠はというと約束通り手ぶらであった。

「カサンドラさん、武器はどうされました？」

というアナウンスに対し、

「不要だ」

と師匠は短く答えた。

（よし、いける！　がんばれ、ノーア！）

僕は心の中でノーアに熱い声援を送った。


試合は開始前から呪文を仕込んでいたノーアが、初っ端に火球を発動。

「速い」

ノーアの詠唱速度はフラウのお眼鏡にかなったようだ。

「無詠唱ではないようですが、あの威力の魔法をあの速度で詠唱できれば、悪くないですわね」

あまり人のことを褒めないカーミラも、ノーアのことを評価している。

火球は人を呑み込めるほど大きくなって、師匠に飛んでいった。

「なかなかの威力」

とフラウはつぶやいた。

これは期待できるのではないだろうか？

しかし、そのなかなかの火球を師匠は掌で受け止めた。

「えっ？」

ノーアが絶句する。

そして師匠は、何と握力だけで火球を握り潰してみせたのだ。

巨大な火球が物理的に潰れる様は、まるで魔法のようである。いや、潰された方が魔法なんだけど。

観客たちもあまりの光景に呆然としている。

「魔法使いのようだが、他に魔法はないのか？」

師匠は他の魔法も受けるつもりらしい。

それを挑発と受け取ったノーアは、杖を振るって詠唱を始めた。

「白竜の凍える息吹、極北の精霊、凍てつく枷《かせ》、永遠なる霜の玉座をここに……」

恐らく強力な氷の呪文を唱えているんだろう。

しかし、呪文の一節になっている白竜は、今師匠の肩に止まっているんですけど？

「『グレイシャル・プリズン』！」

呪文で顕現したのは白い結晶の霧。それが繭《まゆ》のように師匠を包み込み、一瞬で全身を凍てつかせた。

師匠の身体はさしずめ氷の彫像のようになっていた。

「……つい、やり過ぎてしまいました」

ノーアは可愛らしい顔を歪めた。殺してしまったと勘違いしているのだろう。

だが次の瞬間、木が裂けたような亀裂音が鳴った。

師匠を封じ込めていた氷にヒビが入ったのだ。

うん、知ってた。だって、白竜の氷を気合で割った人だし。

氷は粉砕されて元の白い結晶へと戻り、元の体勢から微動だにしていない師匠の姿が露わになる。

「他は？」

まったくダメージを負っていない師匠は、まだ魔法を撃たせる気でいる。

もう止めてあげて下さい。相手の心を折るまでやるつもりですか？

「無理です。降参します」

ノーアの心は今のでポッキリいったようで、涙目になって負けを認めた。その表情も可愛らしくて敗退が残念だ。

火球を素手で受け止めてそのまま握り潰し、氷漬けにされても自力で粉砕するという離れ技にざわつく場内。

「あのカサンドラという女、何者ですか？　魔法に対する特殊な力でも持っているのですか？」

さすがのヤマトも驚いている。

あーあれは特殊な力じゃなくて、気合だよ、気合。僕が知る師匠はそういう人間である。


3戦目はシーラ対シャーリー。

Sランクの冒険者と凄腕のアサシンの戦いである。

……これって何を決めるための戦いだったっけ？　世界最強の女性？

シーラは銀髪が目を惹く凛々しい顔立ちで、正直美人である。対してシャーリーはベールでよく顔が見えなかった。きっと美人だと信じたい。

白銀の鎧を身に纏い、両手に剣を構えるシーラに対し、黒いベールと外套のような長衣に身を包んだシャーリーも両手に短剣を握っている。

試合が開始するなり、シャーリーは短剣を投げ放ったが、シーラはそれを簡単に剣で弾いた。

シャーリーはさらに短剣を取り出して投擲《とうてき》、これも簡単に剣で対処される。

が、弾いたはずの短剣が宙に浮き、再びシーラに向かって飛んでいった。

計4本の短剣が宙に浮き、意思を持ったかのように動いている。

見ればシャーリーの周りには、さらに10本近い短剣が浮遊している。

「珍しい技を使いますわね、あのアサシン」

カーミラが言った。いや、おまえも大概珍しい技を使っていたけどな。指を弾いて『ソニックブレード』とか、扇子をあおいで衝撃波とか。

10本を超える短剣の対処を迫られるシーラだが、さすがSランクの冒険者だけあって、完全に受け切っている。背後から飛んでくる短剣も、後ろに目が付いているかのように鮮やかに避け続けるため、観客からは拍手喝采である。

そして、シーラは攻勢に転じるために、シャーリーに向かって駆け出した。シャーリーもさらに短剣を2本取り出すと、それを両手に持って迎撃する構えを見せる。

両者ともに電光石火の速さで両手の剣を振るった。器用に扱うものだ。シャーリーも他の短剣を操る余裕までは無い。

「双剣は扱いが難しいのですが、見事なものですな。わたしが教えを乞いたいくらいです」

ヤマトが感心していた。

確かに双剣は難しい。身体が開き気味になって、上手く力が入らないのだ。シャーリーのように短剣であればそこまで難しくないだろうが、普通の剣を2本使っているシーラの技量は卓越したものがある。体幹が良い。

徐々にシーラがシャーリーを追い詰めて間合いが詰まる。

すると、シャーリーのベールが外れて、褐色の素顔を露わにした。

良かった。まあまあの美人だ。ん、何か口から噴いた？

シーラはそれを素早く避けて仕切り直した。その隙にシャーリーは再び短剣を浮遊させて反撃に転じる。

「含み針ですな」

ヤマトが呟いた。やっぱりか。

「シャーリーが口から含み針を噴いたようです。シーラもよく反応しました」

そんな特技を持っている奥さんって何か嫌だな。

ただ、含み針はシャーリーの最後のあがきだったようで、一旦持ち直したものの、実力差は歴然としていた。

相手の反撃にシーラは冷静に対応して、最後はシャーリーの首筋にピタリと刃を当てて、勝敗が決した。


4戦目はカレン対サーシャ。

サーシャは騎士の家の娘で、今は冒険者をやっているらしい。この大会には珍しく、騎士の礼法に則《のっと》った正統的な剣の構えをしており、片手剣に盾を持っている。

見た目もちょっと気品があって、金髪碧眼の美少女である。何でこんな化け物揃いの大会に出場したんだろう？　かわいそうに。

家柄や作法的には、サーシャが圧倒的に妃候補に相応しいんだろうな。

ハンドレッドに所属するカレンは闘技場でもおなじみの顔であるため、観客席から応援する声がたくさん聞かれた。

短髪の茶色い髪に茶色い目、額のヘアバンドがトレードマークのいかにも活発な子だ。愛嬌があって可愛いので、応援されるのもわかる。こちらは長剣を両手に握っている。

試合は開始早々にカレンが突撃。この思い切りの良いスタイルも、カレンの人気のひとつ。瞬発力があるから普通に対応が難しい。

その突撃からの一撃をサーシャは盾で防いだが、反撃する前にカレンが素早く回り込んで更に攻撃を加えた。カレンの敏捷《びんしょう》性の高さは、何となくキラーラビットを彷彿《ほうふつ》させる。

基本的な体力や速さはカレンのほうが上だが、サーシャはよく訓練を積んでいた。カレンの攻撃をしっかり受け切っている。

「良い剣ですな。積み重ねた修練を感じさせます。隙が無く、無駄がない。強い相手に対しても、どう戦うべきか心得ている」

ヤマトが評したように、サーシャはよく戦っていた。

最小限の動きで防御に徹して体力を温存させ、反撃のチャンスを窺っている。

一方のカレンは少しへばってきたのか、息があがってきた。

それを好機と見たサーシャが反撃に転じる。まるでモンスターを仕留めるときのように、手堅く慎重に。

徐々に追い詰められるカレンに、場内からは声援が飛んだ。

その声に後押しされたのか、カレンは両手で長剣を横に振りかぶった。

隙だらけの構えだが、あれは……。

サーシャがすかさず踏み込んできたが、それにかまわずカレンは叩きつけるように思いっきり剣をぶん回した。サーシャは冷静に盾で受け流そうとしたが、想像以上の力を加えられて体勢が崩れる。カレンはその勢いのまま、つむじ風のように回転して攻撃を続けた。サーシャは慌てて剣で受けようとしたが、あまりの勢いに剣を弾き飛ばされてしまい、攻撃手段を失ってしまった。

そして潔《いさぎよ》く負けを認めたのだった。

試合が終わった後は、再戦を誓ってふたりは握手している。

「……いささか強引でしたな。ハンドレッドならではの滅茶苦茶な攻撃。もう少しサーシャを見習って、まともな剣術を習ったほうがいいのでは？」

ヤマトは複雑な表情を浮かべていた。剣術を愛しているので、サーシャの戦い方のほうが好みだったのだろう。僕もサーシャのほうが好みだった。顔が。


準決勝第一試合はミネルバ対師匠。

「魔法を手で抑え込むとは珍しい技を使うが、わたしの斧はどうかな？」

　不敵に笑うミネルバに対し、

「同じことだ。変わらん」

　と師匠は返した。

　はたから見れば挑発に挑発で応じたように見えるが、師匠は事実を述べているだけである。物理と魔法の区別がついていないのだ。基本的に気合で何とかなると思っている。

（神様、お願いします、ミネルバに力を！）

　僕はミネルバの勝利を神に願った。


　試合が始まると、速攻でミネルバが戦斧を師匠に叩きつけた。

　が、目が見えないはずの師匠は最小限の動きでそれを避けつつ、戦斧の柄を片手で掴んだ。あの仮面、本当に視覚を遮断しているのか？　見えていてもあの動きは厳しいぞ？

「なにっ!?」

　掴んだ師匠の手を振り払おうと、ミネルバは両手に力を込めるがビクともしない。

　逆に師匠が片手に力を込めると、戦斧がミネルバごと持ち上がった。冗談みたいな腕力である。まあ、出会ったときから、あんな感じだけど。

師匠は掴んだ戦斧を思いっきりスイングすることで、持ち上げたミネルバを闘技場の壁めがけて吹っ飛ばした。ミネルバは猛烈なスピードで壁に激突。壁にはヒビが入っている。

もう少し手加減して欲しい。壁がかわいそうだ。

ミネルバはかろうじて立ち上がったが、その顔の真横に戦斧が飛んできて壁に突き刺さった。師匠が投げたのだ。

「ひぃっ！」

いつも強気なミネルバさんから情けない声が漏れる。

危ないなぁ。目が見えないのにモノを投げるなんて。危うくミネルバの顔面が吹き飛ぶところだったよ。

「手に取れ、もう一度だ」

師匠がゆっくりとミネルバに向かって歩き出した。何か、全身に殺気を纏っているような気がするんですけど気のせい？

対して、ミネルバは横に刺さった戦斧を呆然と見た後、師匠に視線を戻した。

生まれたての小鹿のように震えている。

「命だけは勘弁してくれ！　助けてくれ！」

本能的に危険を感じたのだろう。命乞いを始めたので戦闘不能と見なされ、師匠が勝者となった。そりゃ、あんなのと戦いたくないよな。

圧倒的な力の差に、またも場内がざわついている。

「あのカサンドラとかいう女。陛下の知り合いのようですが、何者なのですか？」

ガマラスが尋ねてきた。

「……わたしの師にあたる。剣聖カサンドラだ」

特に隠すつもりもなかったのだが、何となく言いそびれていたことを、ついに僕は白状した。

「なんと、あの赤鬼カサンドラですか！　長い間まったく話を聞きませんでしたが？」

「10年ほど冬眠していたらしいからな。そのまま永眠してくれれば良かったのだが——剣聖の名は表に出すな。面倒なことになるかもしれん」

退場していく師匠の背中を僕は眺めていた。


準決勝2試合目はシーラ対カレン。

今回も元気いっぱいに突撃していくカレン。

いや、相手を考えようよ？　そのうち死んじゃうよ？

双剣を使いこなすシーラは、カレンの攻撃を片方の剣で受け流しつつ、もう片方の剣で反撃した。慌てて後ろに下がるカレン。実力差は歴然である。

多少学習したのか、カレンは自慢の瞬発力を活かして一撃離脱の戦術に切り替えたが、シーラはつけ入る隙を見せない。派手に動いている分、カレンの体力だけが消耗されていく。

ついには、カレンはサーシャとの試合で見せた強引な回転攻撃で打開しようと試みたが、シーラにはあっさり避けられてしまった。

当たんなきゃ意味無いんだよね、ああいう攻撃は。

その後、２本の剣を鮮やかに使いこなすシーラに対して、カレンは一方的に追い込まれ、あっという間に決着が付いてしまった。

「相手が悪かったな。シーラとかいう女はかなりの使い手だ。ハンドレッドでも上位に食い込むだろう。まあ、カレンもよくやったよ。あれと打ち合えるだけ腕を上げたということだ」

オグマがカレンの健闘を称えた。

負けた後、涙を流すカレンの姿に観客たちから温かい拍手が送られていた。

いや、そこまで悔しがるものでもないだろ。

そんなに妃になりたい？

自慢じゃないけど、僕の妃はフラウやカーミラといった化け物ばかりなんだから、普通に生きていた方が幸せだと思うよ？


そして、とうとう妃候補選考会の決勝が始まった。

師匠対シーラである。

両者ともに圧倒的な力を見せながら勝ち進んできたが、賭けのオッズでいえば師匠のほうが優勢だ。僕も当然師匠に賭けた。

でも心の応援はシーラである。頼むから師匠を倒して欲しい。そのためなら賭け金は惜しくない。銀髪のクールな美人さんだしね。

師匠は仮面で表情が見えないが、シーラのほうは緊張した面持ちである。

試合の開始と共にシーラの双剣が輝き始めた。

片方は紅い光を、もう片方は蒼い光を纏っている。

「魔法剣ですかね？　いや、あの剣自体に魔法が付与されているのですかな？」

ヤマトが興味深そうにつぶやいた。

「両方ね。魔力が無いと真価が発揮できないタイプの剣よ、あれは」

カーミラがヤマトの疑問に答えた。何だかんだと仲良いな、こいつら。

シーラが光を帯びた双剣を構えて師匠へと迫り、超絶スピードで剣を振るい始めた。

さすがの師匠も、強力な魔法剣を素手で受け止めるわけにはいかないと思ったのか、体《たい》さばきでそれを避ける。

シーラの剣筋がいくつもの光芒《こうぼう》となって、幻想的な光景を醸し出していた。

「あれは『ミラージュソード』ですな。それも二刀流で発動させるとは凄まじい」

Sランクの冒険者だけあって、シーラの実力はかなりのものである。

何で妃候補に名乗りを上げたのか不思議なくらいだ。

だが、それでも師匠には剣が届かない。

『ミラージュソード』を発動し続けるのも限界がある。次第にシーラは疲れが出てきたのか、少し動きが鈍ってきていた。

そこを師匠は狙った。

スッと一歩間合いを詰めると、カウンター気味にシーラの顎へ強烈な掌底を入れた。

綺麗に吹っ飛ぶシーラ。地面に当たって身体が一度弾み、そのまま倒れ伏した。

実に痛そうだ。僕が師匠と修行していた頃の記憶がフラッシュバックしそうで辛い。

シーラは少し間をおいてから、剣を支えに必死に立ち上がった。

その涙ぐましい姿に場内から応援の声が飛ぶ。

なんて無責任な連中だろう。そのまま寝ていたほうが幸せだというのに。

師匠はそんな会場の空気を無視して、ゆっくりシーラに近づいていくと、その腹に強烈な蹴りを入れた。

「ゴフッ！」

内臓を吐き出しそうな声、というか音を口から出して、蹴り上げられたシーラは再び宙を舞った。

そしてそのまま地面に倒れると、ピクリとも動かなくなった。

「しょ、勝者カサンドラッ！」

さすがに戦闘不能と見なしたのか、師匠の勝利を告げるアナウンスが場内に流れた。

けれども会場は静まり返っている。恐らくみんな引いているのだろう。

何ていうのかな、質《たち》の悪い暴力を目撃したような気分になるんだよね、師匠のボコりって。見ていて痛そうだし。僕もよく喰らったし。

こうして、師匠カサンドラが僕の第三妃となることが決まった。

とりあえず、夫婦喧嘩は死に直結するので、逆らわないでおこうと僕は心に誓った。

XII◆カサンドラ

妃候補選考会の後、フラウ、カーミラ、ガマラス、オグマ、ヤマトで構成される選考委員が協議した結果、準優勝のシーラも第四妃として迎えることになった。

……結婚する僕の意見を聞かないのはどういうことだろうか？

あと、他の30人くらいいた妃候補たちは、ハンドレッドに所属するカレンを除いて、そのほとんどをカーミラが召し抱えた。

カーミラ曰く、

「お姉さまには直属の魔導士団がいるのに、わたしにいないのは不公平」とのこと。

いや、魔導士団も、れっきとしたファルーンの部隊なんだけどね。

完全にフラウの私兵と化しているけどさ。

意外なことに、このカーミラの我儘のような提案に対する反対意見はなかった。

妃が増えたことで、その身辺警護を兼ねて、戦力となる女性が多いに越したことはないという判断だ。

『雷帝』『狂乱』『剣聖』『双剣』と二つ名を持つ妃たちのどこに護衛が必要なんだろうか？

ともあれ、カーミラ直属の部隊が結成され、パレス騎士団と命名された。

カーミラは妊娠中なのだが、パレス騎士団の鍛錬に余念がなかった。何でも、自分がファルーンで受けた鍛錬を、彼女たちにも受けさせたいらしい。

新たに出来た部下たちに、親身になって手ずからモンスターの肉を食べさせたり、自ら魔獣の森の奥深くまで案内するなど、カーミラはとても活き活きしている。彼女にこんなに面倒見が良い一面があったとは驚きだ。


師匠はというと、ファルーンの妃という立場を満喫していた。

久しぶりに僕に稽古をつけたり、オグマやヤマト、クロム、ワーレンといったハンドレッドの上位陣に請われて、練習試合の相手をしている。一方的にボコボコにしているだけだけど。

それでも喜んでいるオグマたちは、性癖が歪んでいるのかもしれない。

師匠は夜はほとんど僕の寝室にいる。

何かフラウやカーミラに悪いなぁと思って、ふたりにも声をかけるのだが、「育児が大変」「妊娠しているのでお相手できません」とそっけない返事が返ってきた。ひょっとして僕って嫌われているのだろうか？

「おまえの部下たちは手ごたえがあっていい。これだけの強者を揃えた国は他にないかもな」

寝室で、僕のとなりに寝そべっている師匠が言った。

「しかし、まさかモンスターの肉をこれだけ多くの人間に普及させるとは思わなかったぞ？あれを食べることができる人間は限られていると思っていた。それをおまえは強さを求める連中に分け与えて組織化した。わたしには思いつかなかったことだ。さらに分け与えた連中を訓練相手にして、自分自身も成長させるとはな」

結果的にそうなっただけで、初めはそんなつもりはなかったんだけど、師匠が褒めてくれるから良いとしよう。

「そういえば、師匠は何で10年前にファルーンに来ていたんですか？」

そのころの僕は、訓練という名目の師匠の虐待に耐えるのが精一杯で、あまり師匠のことを聞けていなかった。

「うん？　言ってなかったか？　魔獣の森を探索するためだ」

「魔獣の森を？」

魔獣の森はかなり広い。アレス大陸の南側のほとんどが魔獣の森と言っていい。アレス大陸はふたつの山脈によって南北に分けられており、その山脈の切れ目、南北がわずかに接している部分にファルーン国とカドニア国がある。

「そうだ。魔獣の森には強いモンスターが山ほどいるからな。何年もかけて、そのすべてを制覇してやろうと思ったわけだ。しかし、さすがに広過ぎた。ファルーンを拠点に、できるだけ遠いところまで行ってみたのだが、あの森は底が知れない。7日ごとにおまえに稽古を付けていたのは、わたしも7日以上はあの森にいられなかったからだ」

師匠でもあの森は7日が限度だったのか。

現在、ファルーンでは魔獣の森の開拓を進めているが、その規模は魔獣の森の全体から見れば、ほんのわずかな面積だ。しかも開拓すればするほど、強力なモンスターが現れるので、そのうち限界が来るだろう。

「魔獣の森は僕も結構深くまで行きましたけど、モンスターは際限なく強くなりますね。言い伝えによれば、あの森の最奥には魔王が封印されているとか」

僕の先祖である勇者が、魔獣の森の奥深くに魔王を封じ込めたという伝承がある。

「魔王がいたら戦いたかったんだがな。あそこでは魔族すら見かけなかった。あの森は、何というか、もっと原始的なモンスターしかいない。魔族のような人に近いモンスターは見たことがない。モンスターの肉を手に入れるには、ちょうどいいんだがな」

魔族とは人間に近い外見をした種族だ。人間とは異なり、長い寿命、高い魔力、圧倒的な身体能力を持つ。その頂点に立つのが魔王だ。魔族をモンスターに分類していいのかわからないが、魔族は多くのモンスターを従えているという話だ。

「中央では、モンスターの肉は手に入りづらいんですか？」

「まあ、日常的には手に入らないな。選ばなければ手に入るだろうが、ファルーンのように常時キラーラビットの肉が手に入るようなことはない」

「ファルーンでもキラーラビットは絶滅しかけましたよ。今は家畜化に成功して、モンスターの肉を無駄なく供給する体制が整いましたけどね」

家畜化といっても、食べにくいモンスターの肉がそこまで大量に必要なわけではない。以前はモンスターの肉は獲った人間がちょっと食べて、残りは廃棄していたのだが、現在では1匹の肉を適切な人数分に分けて、無駄なく行き渡るような体制が整えられている。

「そういったこともファルーンならではだな。恐らく、他の国ではモンスターの家畜化などできまい。中央ではモンスターは明確に人の敵だ。ファルーンは魔獣の森が近く、民もモンスターに対する忌避感が薄いから、モンスターを飼育することに対する反発もないのだろう。中央ではモンスターの肉を食べるなど、もっての外のことだ」

師匠は意外とまっとうなことを言う。寝室を共にするようになってから気づいたのだが、この人は決して戦いのことばかり考えているわけではなく、結構冷静な物の見方ができるのだ。

「ゆえにモンスターの肉を使って、軍事力を上げることができるのはこの周辺ではファルーンだけだ。他国でも調査はしているだろうが、真似することはできまい」

「軍事力を上げるつもりはないんですけどね。ハンドレッドは純粋に強くなりたい人間の集まりなだけですよ。僕は平和を望みます」

「ではあのモンスターの軍団は何だ？　あれは軍事力ではないのか？」

師匠が僕のことを見つめた。厳しい目ではない。決して責めているわけではないようだ。

「あれはまあ……確かに戦力ではありますけど、あれはあれで良いと思っています。半ば成り行きで軍団化しましたが、戦争のときに民を兵士にする必要がなくなります。民の代わりにモンスターが戦ってくれるのであれば、そういうのも良いのではないかと」

戦争のときは一般の民も兵士として徴集するのが常だが、戦意は低く、戦力としては脆弱《ぜいじゃく》だ。それに比べてモンスターは好戦的で強い。モンスターを民兵に代わる戦力として使うことは、適材適所ともいえる。

「ワイバーンを軍団化するのは過剰戦力ではないか？」

師匠は悪戯《いたずら》っぽい表情をして、僕を揶揄《やゆ》した。

ワイバーンはウォーウルフの次に目を付けたモンスター軍団の第二候補だ。

選んだのは僕である。理由は「ドラゴンはカッコいい」からだ。

そんな適当な理由なのだが、キーリによると「ドラゴン系は知能が高いので、意思の疎通が難しくなく、できなくはないだろう」という見立てだ。

中級以上のドラゴンは単独行動を好むが、下級のワイバーンは群れを作る性質がある。そのため、ウォーウルフと同じように群れの主を捕獲してしまえば、群れ全体を支配下に置くことができそうだ。

現在は10匹程度のワイバーンの群れを調教中である。

「まあせっかく軍団化するならドラゴンがいいじゃないですか。カッコいいですし」

「そうだな。確かにドラゴンは良い」

師匠は、布を敷き詰めた籠の中で寝ている白竜の幼体に目をやった。

そういえば、こいつもドラゴンだったな。

「その白竜はどうするんですか？」

「うむ。大きくなったら、こいつに乗って旅をしたいと思っている」

伝説の白竜に騎乗した剣聖とか怖すぎだろ。旅先の街や国が恐慌状態に陥るのではないだろうか？

「どれくらいで大きくなるんですか？」

「さあな？　わたしが10年凍っていたのに、これくらいの大きさなのだから、乗れる大きさになるには大分時間がかかるのではないか？　まあ、わたしも子供ができて、ある程度育つまでは旅をする気もないし、ちょうど良い」

「今は、中央はあまり旅ができるような状況ではないみたいですしね」

今回の妃候補たちから収集した情報によると、現在中央は緊迫した情勢で、各国が戦力の増強に余念がないらしい。有力な人材に対する勧誘がかなり強引になってきており、それを嫌ってファルーンに来た妃候補も何人かいた。その代表格が第四妃となったシーラである。

「おまえのせいではないのか？」

師匠がニヤリと笑った。

中央の情勢が動いたのは、ドルセン国が弱体化したことが大きい。1万の兵の損失に加えて、結果的に五天位のうちの3人を失っている。これを好機と見た周辺諸国がドルセン国への侵攻を試みているのだ。

「僕は攻められた側ですよ。正当防衛です」

「おまえがカドニアを併合しなければ、ドルセンとて動かなかっただろう」

「それは結果的にそうなっただけで、僕は領土なんか欲しくなかったんですけどね。ファルーンで平和に暮らせればそれで良かったんです」

「王位を獲ったのも成り行きなら、カドニアを獲ったのも成り行きか。それはもう、おまえの運命なのではないか？」

師匠は目を細めて、意味深なことを言った。

「師匠、それはどういう意味で……」

言いかけた僕の口を、師匠は指でそっと押さえる。

「師匠はやめろ。わたしはおまえの妻になったのだぞ？　カサンドラと呼べ」

「……カサンドラ、今言ったことはどういう意味ですか？」

師匠を名前で呼ぶのは、何かとても気恥ずかしい。

「そのうちわかる。少なくとも、おまえの周囲の人間は何か感じているはずだ。おまえはそういう男なんだよ」

赤鬼カサンドラと呼ばれた師匠は、ちょっと頬を赤らめていた。


ファルーンの王家に入ることになったシーラは戸惑っていた。

彼女はとある事情から妃候補選考会に参加したのだが、その実、あまり本気ではなかった。

適当なところで負けようと思っていたのだが、一流の戦士としての矜持《きょうじ》があってなかなか手を抜けず、ついつい決勝まで勝ち上がってしまったのだ。

しかし、決勝の相手は素手でトーナメントを勝ち上がった白い仮面の女・カサンドラだった。

(あれに勝つのは厳しいな)

今まで数多《あまた》の戦いを潜り抜けてきたシーラだからこそ、敵の力を正確に読み取ることができた。カサンドラは尋常な相手ではない。素手で相手を倒しているが、格闘術を生業《なりわい》としている武道家には見えなかった。つまり本気を出していないのだ。

そしてシーラもまた、カサンドラに武器を使わせることすらできずに敗れ去った。

顎に掌底を、腹に蹴りをくらった。

物理的にも精神的にも衝撃的だった。殴られた蹴られたの感触ではなかったのだ。

例えるなら、樹齢百年くらいの太い丸太で殴られたような錯覚を覚えた。

正直、シーラはうっかり妃候補になってしまうことを恐れていたくらいなのだが、それは慢心であったことを思い知らされた。

(ああ、やはりファルーンの妃には化け物でないとなれないのだな)と。

ただ、最初から妃になる気はなかったので、内心ホッとしていたのだが、何故か第四妃に選考されてしまったのだ。

これは彼女の誤算だった。

XIII ◆ シーラ

わたしが生まれたのは、バルカンという国だった。

父はバルカン最強の七星剣のひとり、ガライ。

最強と言っても七星剣は世襲であり、その座は代々その家の嫡男が受け継ぐので、最強たるために七星剣の家では子供を幼いころから厳しく仕込む。

そんな家で育ったため、わたしも幼いころから剣術を嗜《たしな》み、よく父から手ほどきを受けたものだった。

双剣の技は双剣の異名と共に我が家に伝わってきたものだが、わたしは父と打ち合っている間に、何となく覚えてしまった。

現在、わたしは双剣のシーラと称《たた》えられているが、昔は双剣といえば、わたしの父であるガライを意味していた。

「おまえが男であればなぁ」

これは父が何度もぼやいた言葉である。バルカンは男社会の国柄で、女が家を継ぐということとはありえなかった。わたしには弟がいたので、その弟が家を継ぐことになるのだが、わたしほど剣は上手くなかった。

もちろん、弟は血のにじむような努力をしている。弱い者が七星剣を名乗ることなどあってはならないからだ。それはバルカンという国の恥となってしまう。

七星剣の家の中には、優秀な者を婿《むこ》にすることで家名を存続させているところさえある。

我が家は代々の嫡男が七星剣を継いできた誇りがあり、他家から婿養子をとるなどありえなかった。そのため、弟にはかなりのプレッシャーがかかっていたのだ。

弟はそれなりの騎士にはなれるだろうが、決してわたしほど強くはなれないことが、わたしにはわかっていた。弟もそのことに薄々気づいており、わたしたち姉弟の仲は次第に冷めていった。

自分のせいで家の雰囲気が悪くなってきたことが嫌になり、14のときに家を出た。家に居続けたところで、他の七星剣の家に嫁がされるのは目に見えていたし、自分より弱い男と結婚したくはなかった。

家を出たわたしは、伝手《つて》を頼って家から離れた町の冒険者ギルドに加入し、そこからメキメキと頭角を現した。

パーティーを組み、強力なモンスターを倒し、ダンジョンや古代遺跡の探索も行った。冒険者のランクも面白いように上がっていった。

冒険者の生活は決して楽なものではなかったが、それでもわたしは楽しかった。自由であり、女であっても強ければ地位も名声も手に入った。金銭的に不自由することもなかった。

充実した日々を送っていたわたしに転機が訪れたのは、半年ほど前だっただろうか。

ドルセン国の五天位筆頭・ジークムンドが訪ねてきたのだ。

ジークムンドは元々Sランクの冒険者であり、駆け出しの頃、わたしも世話になった人物である。

わたしが自分以上と認める数少ない実力者でもあった。

「五天位に入って欲しい」

ジークムンドは単刀直入に切り出した。

「今、ドルセン国では戦力が不足している。五天位も欠員状態が続いている。このままでは他国の侵略を招きかねない。そうなれば戦争となる。それを防ぐためにも、おまえの力が必要だ」

その話は知っていた。ファルーンとの戦いに敗れたドルセンが急速に力を失い、その隙を他国が狙っているともっぱらの噂だった。

「わたしが五天位にですか？　女ですよ？」

『狂乱の皇女』カーミラは王族だったがゆえに、例外的に五天位の座についていたが、本来的に五天位は、七星剣と同じように男だけがその座に就けるはずだ。

「男だ女だと言っている場合ではない。それに見合う力があればいいだけのことだ。おまえにはその力がある。このことは陛下も了承している」

その言葉にわたしは惹かれた。いくら冒険者として名高くても、世間的には無頼者でしかない。だが、五天位といえばドルセンの顔であり、公的に認められた存在になれる。七星剣になれなかった自分が、だ。

しかし、わたしには大きな懸念があった。

「現在、ドルセンと敵対しているのはバルカン、わたしの母国です。そこと戦えと？」

ドルセンとバルカンは国境近くにある鉱山の利権を巡って長年対立している。戦争が起こるとすれば、ドルセンとバルカンの間が最有力だろう。

「あそこの国境はわたしが担当する。おまえには別の方面を任せたい。また、ドルセンからバルカンには侵攻しないことも誓おう。わたしの首にかけて」

ジークムンドは何よりも仁義を重んじる人間だ。彼が首をかけるといえば、それをたがえることはないだろう。

「……わたしは冒険者の生活が気に入っています。それに、家は弟が継ぐことになっていますが、わたしが五天位になれば、何かしらの影響があるかもしれません」

　わたしが五天位になることは、バルカンでは当てつけのように思われるかもしれない。半ば縁を切ったとはいえ、家族は家族だ。あまり不利益になるようなことはしたくなかった。

「そうか。だがすぐには結論を出さず、よく考えて欲しい。ドルセンはおまえの力を必要としている。貴族として遇することも約束しよう」

「貴族に？」

　これには驚いた。階級は簡単に越えられるものではない。平民に生まれれば平民に、貴族に生まれれば貴族に、それは死ぬまで変わることはない壁だった。他国の貴族だったとはいえ、冒険者となったわたしが貴族になることなど、普通はありえない話だ。

「そうだ。今は世襲された地位よりも、実力が物を言う時代になりつつある。我々はファルーンとの戦争を経て、そのことを痛感した。あの国では王妃の座すら力で決めている。わたしも雷帝フラウとカーミラ様の戦いを見たが、壮絶なものだった。力さえあれば女性だからと侮るようなものではない。むしろ、男であっても力が無い者など必要ないのだ。頼む。考えてみてくれないか？」

　そう言って、ジークムンドはわたしに頭を下げた。

「少し時間をもらえませんか？」

わたしは結論を先延ばしにした。

正直、五天位にはなりたいという誘惑はある。誘ってくれたジークムンドは恩義のある、そして信頼できる人間だ。けれども、冒険者の生活に不満は無いし、家に対する遠慮もあった。

少し落ち着いて考えたかった。


ところがそれからしばらくして、実家から手紙が届いた。

内容は「家督を譲るからバルカンに戻ってこい」というものだった。

「どういうことだ、これは!?」

わたしは手紙を読んで、思わず叫んでしまった。弟が死んだとか怪我をしたという話ではない。突然、わたしが家督を継ぐということになっていたのだ。

一体、家では何が起きているのだろうか？　わたしはパーティーの仲間に相談してみることにした。わたしのパーティーはバルカン国の出身者だけで構成されており、彼らなら国元の事情を知っているかもしれないからだ。

さっそく、冒険者ギルドの一室に仲間を集めた。

「いいじゃないか。おれたちと一緒に戻ろうぜ」

返ってきた言葉は想定外のものだった。

実は彼らも同様に、国元の家族や親しい人間から手紙を受け取っていたのだ。その内容は好待遇でバルカンに召し抱えられるというものだった。

わたしたちがバルカンの人間同士でパーティーを組んだのは、皆似たような境遇で、腕が立っても母国では立ち行かず、いずれは家族や国を見返してやろうという共通の目標があったからだ。

それを考えれば、バルカンで地位を得られるのだから悪い話ではない。

しかし、なぜこのタイミングなのだろうか？

「シーラも当然戻るだろう？　まさかドルセンに行ったりしないよな？」

仲間のひとりがわたしに強く迫った。

（ああ、そうか）

仲間のその態度から、わたしは大体のことを悟った。

わたしがジークムンドと接触したことを、仲間たちが国元に教えたのだろう。

現在の情勢から、わたしが受けた話の内容は推測できる。それでバルカンの上層部がわたしをドルセンに行かせないために、今回の話を持ってきたのだ。

だが、そうなったら弟はどうなる？　今まで七星剣を継ぐために努力を積み重ねてきたのに、何の非もないのに突然跡継ぎから外されるのだ。わたしとて弟に情はある。

「家は弟が継ぐ。わたしはバルカンには戻らない」

わたしははっきり宣言した。

「おまえ、バルカンを裏切る気か？　ドルセンに行くつもりなのかよ!?」

仲間たちはわたしに詰め寄った。

「先にわたしを裏切ったのはおまえたちではないか？」

場に緊張が走る。だが、力ずくになれば、わたしは前衛職の騎士であり、仲間たちは後衛職である魔導士、僧侶、盗賊だ。たとえ3対1でも後れをとるつもりはない。

「……おまえは七星剣になりたかったんじゃないのか？」

少し頭を冷やしたのか、仲間のひとりが語気を弱めた。

「そうだな。最初は純粋に、憧れるように、そう思っていた。だが、今は違う。弟の立場を奪ってまでなりたいとは思わない」

わたしは仲間ひとりひとりの顔を見た。理解できないという表情を浮かべている。彼らは家族から、国から認められたくて、ここまで頑張ってきたのだろう。ようやく認められたこのチャンスを逃したくないのは理解できた。

「パーティーを解散しよう。おまえたちはバルカンに戻ると良い。わたしは冒険者を続ける」

こうしてわたしは仲間を失った。


パーティーを解散して、「さて今後はどうしよう」と身の振り方を思案していたある日、またわたしを訪ねてやってきた人間がいた。

父だった。

再び冒険者ギルドの一室を借りて、わたしと父は向かい合った。

「元気そうだな。活躍は耳にしているよ。わたしも鼻が高い」

何年かぶりに見る父の顔は少し老けていて、照れくさそうな表情を浮かべていた。

「父上も壮健のようで何よりです。勝手に家を飛び出して、申し訳ありませんでした」

わたしはちょっと緊張していた。父がここに来たのは、バルカンに呼び戻すためだろう。何と言って断っていいのかわからなかった。

「手紙は読んだ。バルカンに戻る気はないのか？」

わたしが返信した手紙には、家督を辞退する旨を書いていた。

「はい。家督は弟が継ぐべきかと」

「そうか。それならいい。しかし、バルカンには戻ってきて欲しい。今バルカン周辺の情勢は不安定だ。ひとりでも優秀な人材が欲しいところだ。待遇は保証すると、上の人間も言っている」

父は昔と同じように決して押しつけがましくなく、柔らかい態度で接してくれている。だが、こうなってくると逆に断りづらい。

「いえ、わたしはその……」

「どうした？　ひょっとして良い人でもいるのか？」

父が変なことを聞いてきた。いや、変なことではない。わたしの年齢を考えれば、親としては気になって当然のことかもしれない。

ちなみにそんな人はいなかった。わたしは自分より強い人間と付き合うというポリシーを貫いた結果、Sランクに到達してしまい、自分より強い人間というのが周囲に存在しなくなった。

しかし、このとき部屋の掲示板に貼られていた1枚の紙が目に入った。

その紙に書かれていたのは、ファルーンが新たな妃候補を募集しているという内容だった。

「わたしはファルーン王の妃になりたいのです」

気付けば、とんでもないことを口走っていた。

「ファルーン王の妃？」

父は怪訝《けげん》な顔をしている。

「はい。近々ファルーンの王都で新たな妃を決める選考があるのですが、わたしはそれに応募しています」

もちろん、応募などしていない。今初めて知ったところだ。

「その話は知っているが……なぜファルーン王なんだ？」

父は妃候補選考会の話を知っていたようだ。眉間に深い皺ができている。

「わたしより強いからです。ファルーン王は自らの力で王位を継承、スタンピードを鎮圧し、さらにカドニアを併合、そしてドルセン国にも勝利しています。ドルセンの五天位２人を一度に倒していることから、その力量には疑いがありません。わたしは自分より強い男性のもとに嫁ぎたかったので、ファルーン王が理想なのです」

これも嘘である。いくら強かろうが、狂王とか呼ばれるような変人とは付き合いたくない。

「モンスターの肉を喰らい、闘技場で臣下を虐《しいた》げ、王妃の座をかけて妃同士を争わせるような男だぞ？」

あらためて聞くと、ファルーンの王は本当にロクでも無い男だった。女同士を戦わせるとは悪趣味にも程がある。

しかし、バルカンには戻りたくない。戻れば戦争に駆り出されるのは目に見えている。かといって、ドルセンに行けば裏切り者扱いされる。冒険者を続けようにも、このしがらみから逃れるのは難しいだろう。なので、ファルーンあたりが良い落としどころに思えた。有名な闘技場があるらしいから、そこで戦って生活してみるのも悪くないかもしれない。

とりあえずファルーンに行って、ほとぼりが冷めるのを待ちたい気分だった。ファルーンの妃には何の興味もない。

「それでもです。わたしはSランクの冒険者になりましたが、わたしに見合う男は高ランクの冒険者にすらいませんでした。このままではわたしは結婚できずに終わってしまいます。しかし、ファルーンの王なら、わたしとつり合いが取れると思うのです」

父が首を横に傾けた。

「……おまえは、そんなやつだったか？」

もちろん、そんなやつではありませんとも。結婚相手が強ければ何でも良いとか、そんな風には思っていませんよ？

「何を言っているのですか、父上。わたしは幼いころから自分より強い男と付き合いたいと申していたではありませんか？」

「いや確かに言っていたけどな。そこまで分別が無かったようには思えなかったのだが？」

さすが父上、わたしのことを理解していらっしゃる。でも今はそんなことはどうでもいいのです。わたしはバルカンとかドルセンとかの、面倒事にとらわれたくないだけです。

最初は五天位とか興味がありましたけど、もうどうでも良くなりました。

「それに……わたしは女の中では最も強いという自負があります。ファルーンの妃である『雷帝』や『狂乱の皇女』にも挑戦してみたいのです」

女で最強とか自分でも何を言っているのかわからなくなってきたが、とにかく父には納得して帰ってもらいたかった。『娘は強さに恋焦《こいこ》がれてファルーンに行く』というデタラメなストーリーを信じて欲しかった。

「……そうか、わかった」

父が重々しく頷いた。

本当に？　こんな話に納得してくれたの？

自分でも驚きである。

「一緒にファルーンへ行こう。おまえの生き様をこの目で見届けたい。わたしもファルーンという国には前々から興味があってな」

は？　一緒に？　嫌です！　だって妃になりたいとか嘘ですから！

……などと言えるはずもなく、わたしは父と共にファルーンへ旅立つことになった。

結局、父上と一緒にファルーンに行くことになってしまった。ただ、父上と一緒に旅をするのは初めてで、決して悪いものではなかった。

数週間かけて到着したファルーンの王都は活気のある街だった。もともとの王都は規模の小さな城塞都市だったのだが、現在はその周辺に闘技場と大規模な見世物小屋が建ち、その周りに新しい宿屋や料理屋、商店などが立ち並んで賑わいを見せていた。

円形の闘技場は大小ふたつ。階段状の大きな観客席のあるメインスタジアムではハンドレッドの100位までのメンバーがランキング戦を行っており、観客席の少ないサブスタジアムではルーキーリーグと称してランキング外のメンバーが試合を行っていた。サブスタジアムで勝ち上がった者が、メインスタジアムのメンバーに入れ替え戦を挑めるシステムのようだ。

まず、人が少なく入りやすかったサブスタジアムに入ったのだが、そこで試合をしていたのはランキング外とは思えない力量の持ち主ばかりだった。

「よもや、ファルーンの戦士の強さがこれほどまでとは……」

父は試合を観て、絶句していた。ランキング外とはいえ、他国なら騎士団のエース格になれるであろう猛者揃《もさ》いである。恐らく冒険者でもBランクには相当するだろう。技術的には未熟な面も見られるが、基礎体力の高さが尋常ではない。

恐らく偵察も兼ねていたであろう父は、食い入るように試合を観ていた。

しばらくして、わたしたちはメインスタジアムへと移った。

そこには見物客や賭け目当ての人間でごった返しており、どこの国でも見たことがないような盛況ぶりだった。闘技場の中に進むのも大変だったが、何とか人をかき分けて入ることができた。

「何だ、これは!?」

父が叫ぶのも当然である。そこにいたのは高位の剣技や魔法を使いこなし、ときにはドラゴンを相手にひとりで戦うような猛者たちの試合の数々だった。ルーキーリーグとは桁違いの強さである。

冒険者ならAランク越えは確定。ランキング上位の戦士には、このわたしでさえ勝てるか怪しい。

特にランキング一桁台は化け物揃いである。一騎当千とはこのことだった。

そして、最後に登場したのがファルーンの王マルスだった。ゼロスとも呼ばれている。

黒い鎧に身を包み、黒い刃の長剣を持っており、まるで死神のようだった。

ゼロスはその日の闘技場の勝者全員を相手にした。あの強者たちをたったひとりでだ。無茶苦茶である。

だが、ゼロスの強さは次元が違った。剣を一振りすれば大気が斬り裂かれたような錯覚を覚えた。一歩踏み込めば大地が震えた。もはや人間ではない。

この人間離れした男の相手をするのだ。確かにランキング上位者でなければ生き残ることさえ難しいだろう。とんでもない実力の持ち主だった。

何だ、あの男は？　本当に同じ人間か？　魔王か何かじゃないのか？

「ファルーンとは戦ってはならん。絶対にだ」

独り言のように父はつぶやいた。

それはそうだろう。いくら人数で勝っていようが、単騎の強さが違い過ぎる。10倍の人員を揃えたところで、簡単にその兵力差を覆《くつがえ》されるのは間違いない。

特にゼロスはヤバい。ひとりで一軍を相手に出来る強さだ。戦争の勝利条件が王を倒すことならば、事実上ファルーンは無敵だろう。

わたしも少なからずショックを受けていた。Sランクの冒険者として最強とまでは思っていなかったが、それに近いレベルのところにいると考えていた。その自信を完全に打ち砕かれた。

「ドルセンは負けるべくして負けたのですね」

ジークムンドが戦力集めに奔走する理由がわかった。確かにドルセンを巡る情勢は緊迫しているが、それ以上にファルーンと隣接していることが恐ろしいのだろう。こんな戦力を抱えている国が間近にあったら気が気ではない。

「そのドルセンは皇女を差し出して、ファルーンとは友好関係を結んでいる。ドルセンと戦争になった場合、ファルーンも敵に回すことになるやもしれん」

現在、ドルセンと敵対しているバルカンのことを考え、父は唸った。

ドルセンが皇女を第二妃としてファルーン王に輿入《こしい》れさせたことは、国の内外から弱腰外交と揶揄されていたが、これはドルセン王の判断のほうが正しかったようだ。

ただ、ドルセンとしても安易にファルーンに援軍を頼みたくはないだろう。狼を恐れて竜を招き入れるようなことになりかねない。それほどまでにハンドレッドは脅威だった。

翌日、今度は見世物小屋……というより、規模だけならひとつの街をも超える巨大な施設に入った。入場料はそれなりに高かったが、家族連れなどの客が多く、ここも盛況のようだ。

中はモンスターの展示である。

檻に入れられていたり、客との間に大きな堀が作ってあったりと、モンスターによって管理方法は様々だった。キラーラビットから始まり、グレートバジリスク、レッドボーン、ブラッドベア、ホワイトタイガー、ウォーウルフ、アースドラゴン、ワイバーン等々、よくここまで揃えたものだと感心する。

ここでは父上は物珍しそうに、モンスターを見物していた。父上もモンスターの討伐経験はあるが、その頻度は少なく、知っているモンスターの数も少なかったようだ。

どうやったのかはわからないが、モンスターたちから敵意が感じられない。万が一に備えて、恐らくはハンドレッドに所属しているであろう屈強な見張り役が配置されていたが、モンスターたちは見たことがないくらい大人しかった。

「何でこんなに大人しいんだ？」

つい思っていたことが口から出てしまった。

「それはですね、エサをちゃんと与えているからですよ？」

わたしの呟きに答えたのは、背の低い黒髪の女だった。一見、少女のようにも見えたが、目の異常な輝きがそうではないと教えてくれた。

そして、それ以前にまったく気配を感じさせなかった。

（何者だ？）

わたしの手が背中の剣の柄を探ろうとしたとき、父上が女の言葉に反応した。

「エサを与えれば大人しくなるのかね?」

父上は女の異常性に気付いていないようだ。恐らく、ただの娘だから気配を見逃したのだと思っているのだろう。

「はい。適切なエサを与え、適切な環境を用意してあげればモンスターも満足し、人を襲ったりしません」

いや、そんなはずはない。モンスターは動物とは違うのだ。エサをやった程度で飼育できるようなものではない。

わたしは女から警戒を解かずに剣の柄を握った。だが、そこで視線を感じた。ひとつではなく無数の視線を。

見れば、飼育されているモンスターたちの視線がわたしひとりに集まっていた。先ほどまで人間にまったく関心を持っていなかったモンスターたちが、一斉にわたしに目を向けていたのだ。

(この女を守ろうとしているのか?)

試しにゆっくりと剣の柄から手を離すと、モンスターたちは興味を失ったように、またわたしから視線を外した。

体中から冷や汗が噴き出すのを感じた。何者だ、この女？

黒髪の女は父上に丁寧に施設に関する説明をしていた。わたしの警戒に気付いた風でもない。

「おまえの名を聞いても良いだろうか？」

一通り説明をし終えた女に、わたしは尋ねた。

「キーリと申します。陛下からここの管理を任されている者です」

キーリと名乗った女はにこやかに答えた。

「おふたりはガライ様とシーラ様ですよねぇ？」

「……何故、その名を？」

「おふたりとも2本の剣をお持ちになっているからですよ。双剣と言えば、バルカンの七星剣・ガライ様とSランクの冒険者・シーラ様の名を想像しない者はおりません。高名ですから」

「ほう、わたしの名も知っているのか。最近は娘に名を譲ったようなものだったが」

父上は顔をほころばせた。自分のこととわたしのことを知っていたキーリを好ましく思ったようだ。

だが、わたしは警戒を解くことはできない。キーリとやらはわたしたちの正体を知って近づいたに違いない。

「巷では話題になっているんですよ？　双剣と名高いシーラ様が妃候補選考会に出るということで。優勝候補筆頭と噂されていますよ？」

……話題になっているのか、そうかぁ。

途端に力が抜けた。あまり話題になっていて欲しくなかった。

父上はわたしが優勝候補と聞いて喜んだようだ。

さらにキーリと言葉を交わした後、ゆっくりとその場を離れた。

「いや見ごたえがあったな」

半日ほどかけて施設を回って、父は満足していた。わたしも最初はモンスターをじっくり観察できる良い機会だと思っていたが、途中からある不安を覚えた。

(ここまでモンスターを飼い慣らせるということは、モンスターを戦力にすることも可能なのでは？)

ファルーンは魔獣の森に隣接し、モンスターはいくらでも手に入る環境にある。そんな国がモンスターを自在に扱うことができれば、強大な戦力になりうる。

そうなればハンドレッドとモンスターという強力なふたつの軍団を、ファルーンは手にしていることになるのだ。

キーリの存在も気になった。モンスターを統率しているのは、あの得体の知れない女に違いない。

ファルーンという国は、この先、どうなろうとしているのだろうか？

わたしはそれが気になった。


翌日、ついに妃候補選考会が始まった。会場は闘技場・メインスタジアムである。

父が客席から見守る中、逃げ場を失ったわたしは他の妃候補たちと一緒に闘技場へと入場した。

目の前を歩くのは賞金首のスカーフェイス・ミネルバである。

(何でお尋ね者が堂々と妃候補に立候補しているんだ？　この場でこいつを捕らえれば金貨千枚になるんだが？)

そう思って、まじまじと見てしまったものの、考えてみれば妃候補の条件に『前科・前歴を問わない』と書いてあったのを思い出した。実力主義にも程があるだろう。

よく見れば、炎狐傭兵団のレイア、短剣のシャーリーなど大物揃いである。

噂によると、ミネルバたちもわたしと同じように各国から勧誘を受けているらしい。

それから逃れるためにファルーンに逃げてきて、あわよくば妃になろうとしているのだろう。

なんて図々しい連中だ。……まあ、人のことは言えないが。

ちなみに選考会の内容は大方の予想通り、妃候補同士が戦って勝者が勝ち上がるというトーナメント形式だった。

そんな形式で妃を選ぶなど前代未聞だろう。この国では判断基準が強いか弱いかしかないのだ。発想が人間よりもオーク寄りである。

わたしとしてはとっとと負けたいところだったが、その場合は父にバルカンに連れていかれる未来しかなかったので、とりあえず全力で挑んだ。

そして決勝まで進み、デタラメに強い白い仮面の女に敗れた。あそこまでボコボコにやられたのは生まれて初めてだった。

後で知ったのだが、剣聖の赤鬼カサンドラだったらしい。

あの伝説のバーサーカーである。勝てるわけがない。

ただ、準優勝して、十分に力があることも認められ、第四妃に選ばれてしまった。

複雑な心境である。

父は意外にも喜んでくれた。

「おまえがファルーン王に嫁入りすれば、バルカンとファルーンの間に友好関係が結べるかもしれない」ということだ。

今回ファルーンという脅威を知ったことで、父は何とかファルーンとバルカンの間に関係を持たせなければならないと考えていたようだ。

いや、わたしにそんな役回りを期待されては困る。困るのだが、まあ善処しよう。一応、バルカンは祖国なのだから。

夫となるファルーン王マルスはというと、その強さは闘技場で知っていたが、私生活でも恐ろしい男だった。何がとは言わない。しばらくは第三妃となったカサンドラが相手をしてくれるというので、大変ありがたかった。

ちなみに食事は3食モンスターの肉である。

こんな国に来るんじゃなかった……。

Chapter.3

VIOLENCE SOLVES EVERYTHING

XIV◆ドルセンの政変

妃候補選考会から1年ほど経った。

あれから程なくして、カーミラは無事に男児を出産し、カサンドラも懐妊に至った。

僕は二児の父親となり、ほどなく3人目が生まれてくることになる。

それは良い。自分が不遇だったので、子供たちは自分なりに愛情をもって育てるつもりだ。

しかし、しかしだ。これはチャンスでもある。美味しいお肉を食べるための。

ファルーン国内では、もはやどこへ行っても肉料理を食べさせてもらえない。国民たちは一致団結して、僕にモンスターの生肉だけを食わせようとしている。こいつらは王様を何だと思っているのだろうか？

ただ、よく考えてみれば、肉料理を作ったザブロはドルセンの出身。

ということは、ドルセンこそがファルーンで流行している肉料理の本場なわけだ。

じゃあ、その本場に食べに行けばいいではないか。ドルセンであれば他国である。

僕がファルーンの王とバレたとしても、料理を食べさせないという暴挙に出ることはないはずだ。

臨月を控えたカサンドラも今なら自由に動くことができず、僕を追いかけてきて連れ戻すような真似はしないと思う。

フラウは出産してから子供にばかりかまっている。何でもアーサー君はフラウ以上に魔法の適性があるらしい。それで僕にかまっている暇はないので、多分問題無いはずだ。

カーミラはフラウ以上に子供に熱心である。フラウを慕っている一方で、対抗意識を燃やしている節もある。もはや、僕に関心がない。何だか寂しい。

そういうわけで、僕がドルセンに行っても捕まえに来る相手はいないわけだ。オグマたちなら容赦なく蹴散らせば良いだけだし。


『中央で動きがあるようなので、様子を見に行ってくる』


と書き残して、僕はドルセンに行くことにした。中央とぼかしたのは、あまりはっきり目的地を書くと追手がくるかもしれないからだ。

どうせファルーンにいても闘技場で戦わされるだけだし、政治はガマラスがやってくれるし、いなくても大して問題にならない。

それはそれで王様としてどうかとは思うけど……。

昔のように自分の部屋にある秘密の隠し通路を使って、夜更けに魔獣の森に出た。

といっても、王城の近くの森は開発している最中のため、出た場所からはモンスターの見世物小屋も見える。

ずいぶん変わったものだなぁ、という感慨に耽《ふけ》りつつも僕は走った。

今の僕なら走れば馬よりも断然速い。だけど、その姿を見られて騒ぎになるのも嫌なので、暗いうちにできるだけ移動しておきたかった。

頑張れば昼くらいにはドルセンに着くはずだ。

◆

街道をぶっ飛ばして走ったおかげで、予定通り、昼頃にはドルセンの王都ベルセにたどり着いた。ただ、様子がちょっとおかしい。門が閉ざされていて、中に入れないのだ。

同じように門の前で結構な数の人たちが足止めをくらっているのだが、その中の商人らしき男が訳知り顔で話していた。

「ベルセで騒動が起こっていて、中に入ることができない」と。

騒動ねぇ。別に良いんだけどね。こんな城壁くらい飛び越えられるし。

とはいえ、門から入らないのは犯罪行為なので、できるだけ人目につかない目立たない場所を探して入らねばならない。僕は城壁の外側をぐるりと回って、西門の近くがちょっと寂れていることに気付いた。衛兵の姿もなかったので、そこを飛び越えてベルセの街に入った。

お肉への期待が高まる。

しかし、街は静かだった。立ち並ぶ建物自体はファルーンよりも多様で色彩があって、中央の洗練した文化を感じさせるのだが、息を潜めるように誰も外には出ていない。

中央の街なので、もっと賑やかなのかと思っていたから意外だった。小さい頃、外交行事で一度来たことがあったのだけど、そのときはもっと活気があったような気がする。

昼のかき入れ時というのに、料理を提供する店も開いていない。お肉が描かれた看板を下げているくせに、扉は固く閉ざされていた。

何だ、これは？　僕に対する嫌がらせか？

昨日の夜から走りっぱなしで来た上に、何も食べていないからお腹が減って気が立っているんですけど？

そっちがその気なら僕にも考えがある。ドルセン王とは面識がある上に、僕の義兄にもあたるのだ。可愛い義弟がやってきたと知ったら、食事のひとつも出してくれるだろう。

数年前に行われた正妃決定戦のあとは、人が変わったように親しく接してくれたので、きっと僕の印象はかなり良いはずだ。

モンスターの生肉しか出さないファルーンの城とは違って、ドルセンの城ではさぞかし良い料理が出るに違いない。おまけにタダだ。

そう思って城のほうを見れば、昼食のための肉でも焼いているのか、煙が何本もたなびいている。

僕は期待に胸を膨らませて、城へ向かって走った。


城の間近まで来てみると、そこは盛大な賑わいを見せていた。

鬨《とき》の声と共に剣を打ち付け合うようなけたたましい金属音が鳴り響き、魔法による爆発音がそれにアクセントを加えている。

具体的に言うと大規模な戦闘の真っ最中である。

え？　マジで？　せっかく来たのに戦争中？

……どうしよう？　見なかったことにして帰ろうかなぁ。

どう見ても、攻めている側が優勢で、このままだとドルセン王の側が負けるのは明白である。

一応義理の兄にあたる人だし、見捨てたらカーミラに怒られそうだ。

仕方がないから助けに行くか。

念のため、怪我をしても嫌なので鎧は装着する。黒い鎧を持ってきたわけではない。新たに身体に刻んだ魔術刻印に呼応して、好きなときに愛用の黒い鎧が装備状態で転送できるようになっているのだ。

例によってフラウが招き入れた魔導士が編み出した刻印である。

本来、刻印は剣や鎧に付与することで性能を上げるものなのだが、それを人間にも適用しようとした馬鹿がいたのだ。ちょっと人に刻印を入れてみようとしたそいつは、あっさりと国を追放された。で、その人道を顧みない魔導士が流れ着いた先がファルーンであり、その実験台となったのが僕である。理由は簡単、一番丈夫そうだから。

……あいつらは一体王様を何だと思っているのだろうか？

頑丈さには定評のあるカサンドラに押し付けようとも思ったのだが、彼女は無駄に頑丈で鎧を着る習慣が無かったので、

「そんなものは要らん」

とあっさり断られた。

それで結局僕が実験台になったわけだ。あの馬鹿魔導士はうきうきと、黒い鎧と僕の身体に

対《つい》になる魔術刻印を入れやがった。

刻印は滅茶苦茶痛かったけど、結果的に便利にはなった。好きなときに鎧が着脱可能になったわけだから。

というわけで、意識してその刻印に魔力を流した。身体が白い光に包まれる。魔法による転移の術式が発動したのだ。その光が消えると同時に身体に鎧が装着された状態になった。これは逆に装備した鎧を所定の位置に戻すことも可能である。

欠点は魔術刻印が死ぬほど痛いということくらいだろう。多分、普通の人間は痛みで本当に死ぬと思う。

ともかく準備はできたので、いざ城に突入である。


城の門に近づくなり、わらわらと兵士たちに取り囲まれた。反乱軍はご丁寧に腕に赤い布切れを巻いていたのでわかりやすい。

「誰だ！」という声を無視し、反乱軍の兵士たちを波動で片端から弾き飛ばして進んだ。

剣技……というより、もはや体技なのだが、掌に魔力を込めて波動とし、相手に押し当てるだけで強烈な打撃となる。『アースブレイク』を剣ではなく、手でやっているような感じだ。

しかし、それにしても弱い。兵士だけでなく、騎士のレベルも低い。普段闘技場で戦っているハンドレッドの連中と比べると雲泥の差だ。

僕の進路を阻むには、反乱軍は雑草程度の役割しか果たしていない。

さて、王様がいる場所は玉座のある広間と相場が決まっているが、既にそこまで反乱軍に踏み込まれているようだ。入り口に設置されていた豪華な扉は、暴力的な方法で押し入られた痕跡を残して開いていた。

入り口をふさいでいた騎士ふたりにそれぞれ手を当てて、部屋の中へと吹き飛ばして中に押し入る。そこには自ら剣を持って戦っているドルセン王の姿が見えた。脇腹を押さえていて、かなりの血が流れている。

不味い。思ったより事態は深刻だ。

「何者だ!?」

広間に踏み入っていた反乱軍の騎士たちが一斉にかかってきた。

ある程度は腕が立つようだ。雑木林程度のうっとうしさはあるかもしれない。

僕は剣を抜いて軽く踏み込んだ。優しくステップを踏むように。それで十分だった。

低く這うように飛んで、敵の騎士との距離を一瞬で消滅させ、剣を振るった。

剣で受け流そうとして、流しきれずに剣を破壊されて呆然とする騎士を袈裟懸けに斬った。

次は盾で受けようとした重装騎士の背後に一瞬で回り込み、背中から剣を突き立てた。さらに斬りかかろうとして剣を振り上げた騎士の胴を薙いだ。今度は後ろに下がろうとした相手よりも早く間合いを詰めて、絶望する表情を浮かべたその首を刎ねた。ついには逃げようとして背を向けた相手の前に立ちふさがって、呆然とした表情を一瞥して頭から叩き斬った。これを何度か繰り返した。

10人で10秒程度の足止めはされた。僕に、ひとり1秒も使わせたのだから敵ながら上出来なほうだとは思う。

しかし、何でこの程度の腕で戦おうと思ったのか理解に苦しむ。

その程度の強さならば平和を享受していれば良いのに、何故それ以上のものを欲しようとするのか。それがどれだけ贅沢なことかわかっていない。

美味しい料理だって好きなだけ食べられるだろうに。家族や友人と笑って暮らしていけただろうに。

ああ、まったく普通の人生が羨ましい。大した力もないくせに、そんな人生を放棄して戦うやつらの気が知れない。

気付くと広間の視線は僕に集まっていた。ドルセン王もその相手をしていた男も、手を止めて僕のほうを見ている。

……少しやり過ぎてしまったかもしれない。毒の指輪も重力の腕輪も着けたままだけど、立っている敵の数は、多分僕が広間に入ったときの半数以下になっている。助けに来ただけなのに久しぶりの実戦で力が入り過ぎたようだ。

「……ゼロス王、わたしを助けにきたのか?」

ドルセン王が呻《うめ》いた。「実は肉料理を食べに来ました」とはとても言えるような雰囲気ではないので、とりあえず頷く。

「ゼロス王!? ファルーンの王が何故ここに!」

ドルセン王と剣を交えていた騎士が、僕の正体を知って驚愕している。

「それを言うつもりはない」

ひとつため息をついた。あまり気が進まないことをしなければならない。

「残念ながら、わたしがここに来たことは秘密なんだ」

広間の敵を全員倒した後、僕はドルセン王を担いで城を脱出した。

今は森の中を抜けている最中だ。ドルセン王は脇腹から血を流しているが、これくらいの傷で死ぬことは無い……と思いたい。ハンドレッドの連中なら自然治癒で治るレベルだ。それに僕は回復魔法が使えない上に、反乱軍にほぼ制圧されているベルセのどこに運べば傷を癒してもらえるのかわからなかった。ファルーンに戻って、ルイーダに癒してもらうしかない。

「……止めてくれ」

ドルセン王がか細い声で告げた。周囲に敵がいないことを確認してから足を止める。それからゆっくりと地面にドルセン王を寝かせた。

「わたしはもう駄目だ」

その顔は白かった。

「どのみち、他国の王に助けられるようでは、王としても死んでいる。おまえとてドルセンを獲ることが目的で、わたしを助けに来たのだろう？」

僕は首を横に振った。肉料理を食べに来ただけだったんだけど、そんなことを言えるような空気ではない。

「ふっ、よくわからぬ男だな、おまえは」

ドルセン王は弱々しい動きで、自分の指から大きな宝石の付いた指輪を抜き取った。

「これをくれてやる。ドルセンの王である証だ」

蒼く光るその宝石は魔力を帯びていた。魔石なのだろうが、この大きさでこの純度ならかなりの価値がある。

「カーミラの出産の祝いだ。あいつの子ならドルセンを継ぐ資格はある。わたしの子供たちは生きてはおらんだろうしな。アランには渡さん」

アラン？　確かカーミラの兄弟にそんな名前の人がいたはずだ。

「……カーミラを頼む。あれでも可愛い妹だったこともあったのだ」

ドルセン王の瞳孔《どうこう》が開き、虚空を凝視した。

――完全に死んでしまったようだ。これではルイーダの癒しも間に合わない。何とも言えない気持ちだ。好きでも嫌いでもなかったけれど、少なくとも敵ではなかった人間が目の前で死ぬのは初めてだった。

僕は『アースブレイク』を地面に叩きつけて大きな凹みを作ると、その中にドルセン王の遺体を置いて、周りの盛り上がった土で埋めた。

これで良いと思う。ドルセン王もファルーンで埋葬されるより、故国の大地で眠ることを望むだろう。人間は死んだら終わりだ。王には簡素な墓かもしれないけど、豪華にしたところで何かが報われるわけではない。僕も王子のときに暗殺されていたら、それなりの墓が用意されたと思うけど、そんなものに意味はなかったことだろう。

僕はその場を後にして、ファルーンに戻った。

城に戻ったのは夜も更けた時刻だったが、何故かみんな起きて待っていた。

「陛下！　こんな時間まで一体どこへ行っていらしたのですか！」

ガマラスが青い顔をして詰め寄ってきた。

「大変ですぞ!?　ドルセンで政変が起こりました！」

知っている。今日現地で見てきた。

「王弟のアラン殿が五天位の第二席であるランドルフ卿を味方に引き入れ、自分の母の出身であるイーリス国を後ろ盾にクーデターを起こしたのです！」

なるほど、反乱を起こしたのがアランってヤツだったわけか。そりゃ国王の証なんて渡したくないわな。

「ファルーンに敗れたことで求心力が低下していたドルセン王を見限り、アラン殿に付く貴族たちも多かった模様です！」

え？　ひょっとして反乱が起きたのは僕のせいなの？　ちょっと嫌な汗が流れた。

「五天位の筆頭であるジークムンド殿は、同時期に押し寄せてきたバルカンの軍勢と戦っていたため救援に赴けなかったようです。恐らくバルカンも今回の内乱に加担していたかと。今日の昼過ぎには王都は陥落したようですが、ドルセン王の消息は不明です」

さっき埋めてきました、とは口が裂けても言えない。

「このようなことは見逃すことはできませんわ」

家臣たちが一堂に会している中でカーミラは断言した。

「わたしはファルーンに嫁いだとはいえ、一度はドルセン王に忠誠を誓った身。ええ、決して許すわけにはいかない蛮行です」

そんなことを言っているわりには、明らかにカーミラに怒りはない。むしろ、喜んでいるようにさえ見える。

「わたしとパレス騎士団はドルセンに向かい、兄を助けたいと思います。陛下、宜しいでしょうか？」

宜しくはない。だってもう死んでいるし。しかし、兄である王を助けたいという話を無下にするわけにもいかない。仕方ないので形見の指輪を渡してやることにした。

僕は懐からドルセン王から預かった指輪を取り出すと、そっとカーミラに手渡した。

「陛下！　これはドルセン王の証である指輪！　一体どこで!?」

「……すまない。間に合わなかった」

本当は肉を食べに行っただけなんだけど、などと余計なことは言わない。

とりあえず、生死が明らかになったんだから、これでドルセン行きは諦めてくれ。

「まさか!?　留守にされていたのはドルセンへ行っていたからなのですか！　『中央で動きがある』というのはドルセンのことで!?」

クロムが驚愕している。ちょっと違うけど、とりあえず頷いておいた。

「まさか……」

「さすがは陛下」

「どこまで見通しておられるのだ、この方は……」

家臣たちが騒めいている。カーミラも目を見開いて僕を見ていた。

ますます本当のことが言えなくなってきた。

「ありがとうございます、陛下！」

カーミラが口の端を歪めた。それは肉食獣を思わせる笑みだった。

「これで大義はわたしたちにあることが明白になりました。兄が陛下に指輪を渡したということは、次期ドルセン王にレオンを指名したということに他なりません！」

ん？　出産祝いって言っていたけど？

「ドルセンを陛下の手に！　これは正当な戦いなのです！」

カーミラが家臣たちを見回して、右手を突き上げた。

「おおぉ――っ!!」

オグマたちから怒号のような声が上がる。

え？　助けに行く必要が無くなったんだから、戦いなんてしなくてもいいのでは？

口実が変わっただけで、戦争することには変わりがないの？

別にドルセンなんか要らないんですけど？

オグマのような血の気の多い連中だけではない。ガマラスのような穏健派の表情も前向きなものだった。要は家臣全員がこの話に乗り気なのだ。

「……パレス騎士団だけで大丈夫なのか？」

パレス騎士団は、妃候補選考会の出場者を中心に集められた30人ほどの女だけの騎士団だが、その下にはミネルバの盗賊団、レイアの炎狐傭兵団、シャーリーが連れてきたアサシンたちが連なっており、それを含めれば数としては１００人を超える。

しかし、それでもたった１００人である。戦争をするにはとても人数が足りない。いくら相手が弱くても程度というものがある。だから、諦めてくれないかな？

「お心遣い感謝いたします、陛下。それではハンドレッドからも人を借り受けたいと思います」

そういうつもりじゃなかったんですけど!?

「俺の方で希望者を集めておこう」

オグマがすぐに応じた。恐らく自分自身も行く気なのだろう。オグマたちが行くなら戦力的には問題がなくなってしまう。戦争は回避できないのか?

「陛下、仮に、仮にですが」

カーミラは酷薄な笑みを浮かべている。

「我が兄アランに勝利した暁には、次のドルセン王を我が子レオンにしたいと思いますが、如《い》何《か》でしょうか?」

集まった臣下の者たちにどよめきが広がった。だがそれは肯定的なものである。僕が直接併合して統治するのではなく、ドルセンの血を引くレオンが王に収まったほうが統治がスムーズにいくと思っているのだろう。

恐らくはこの場に集まった全員が、それを望んでいた。

皆が僕のことを期待の眼差しで見ている。

「よかろう」

子供の頃、誰にも期待されていなかった僕には、それに背くことができなかった。

「まだ、前国王を見つけることができないのか！」

新たにドルセン王となったアランは苛立っていた。

自分が起こしたクーデターは成功している。貴族たちのほとんどは自分の傘下に加わった。後ろ盾にはイーリス国とバルカン国がついている。体制としては盤石のように思えたが、未だ兄である前国王の居場所が不明であった。

今自分のいる広間で一時は追い詰めたらしいのだが、突入させた精鋭揃いの騎士団が全滅して取り逃がしている。

どうやったかはわからないが、恐らくはジークムンド以外にも強力な戦士を手駒として隠し持っていたのだろう。実際、城での戦いの際に、正体不明の黒い騎士の姿が敵味方から確認されている。近年は腕の立つ冒険者たちに勧誘をかけていたので、それが前国王の切り札であったことは否定できない。

しかし、そういう血統を重んじないやり方が、多くの貴族たちが不満を募らせた要因でもあった。ドルセンは伝統ある国である。手段を選ばずに戦力をかき集めれば良いというわけではない。

結局、兄は国王にふさわしい人間ではなかったのだ。

自分こそがドルセンの国王たり得る。今更、前国王の存在は脅威ではなかったが、国王の証である指輪だけは何としても手に入れたかった。それが伝統に倣ったやり方だったからだ。

そこにランドルフが入ってきた。五天位の第二席。公爵家の次男という確かな血筋を引く者であり、体格と才能にも恵まれたドルセンが誇る最強の騎士である。ジークムンドなど所詮余所者に過ぎない。

「アラン様、ファルーンが挙兵しました。敵将はカーミラ様。その数は200人程度と思われます」

報告したランドルフは嗤っていた。いくらなんでも数が少ない。それを嗤っているのだろう。少数精鋭にも程があるというものだ。

「ふん、ファルーン王を誑《たぶら》かして、ドルセンを獲りに来たか、カーミラ」

玉座に座っていたアランは自分の髪をくるくると弄《いじ》っていた。その色はドルセン王家の特徴である紫ではなく、イーリス王家系の金髪である。

アランはこの髪の色のせいで、自分が王になれなかったと考えていた。

ドルセン王となった兄も、兵を挙げたカーミラも紫の髪だった。

「2000人もいれば十分か、ランドルフ？」

「はい、問題ありません」

相手の兵力の10倍である。この中にはランドルフ自身が鍛えた直属部隊も含まれている。質的にも申し分なく、負けるはずがなかった。

「では行ってこい。カーミラは殺して構わん。あれは生け捕りにするには厄介だ」

カーミラは元五天位。その力は侮れるものではない。

「わかっております。その任、必ずや果たして見せましょう」


ドルセンの王都を目指すカーミラは、国境をあっさり突破した。

元々、国境に配備された兵は少なく、守将がクーデターを起こしたアランに付いたわけでもなかったため、逆賊を討つと宣言したカーミラを通すことを選択したのだ。

（まあ、強引に通った方が早かったんでしょうけど、我が子がドルセン王になるのですもの。悪評は少ない方がいいわ）

カーミラの中では、自分の子がドルセン王になることは確定していた。今の自分には、いやファルーンにはその力がある。

夫であるマルスは、私生活では平々凡々としていて、巷で噂されるほどの野心は感じられなかったが、その一方で力を着実に蓄えていた。

（ハンドレッド、お姉さまの魔導士団、モンスター軍団、そして剣聖。これだけ揃えておいて王として何もしないなどという選択肢は無いでしょう）

カーミラはマルスのことが嫌いではなかった。むしろ、こういう穏やかな気質の男のほうが、自分には合っているのかもしれないと今では思っている。

だが、夫は異質なほど強く、その周りには強者が集《つど》っていた。いずれも力を追い求めて集まってきた者たちだ。彼らがその先に求めるものなど、端《はな》から決まっていたのだ。

（世界を獲るのでしょう。そういう運命なのです、あなたは）

遠方に展開している敵軍の姿を、カーミラは確認した。

（この戦いはそのための一歩）

カーミラは高揚していた。自分は強くなった。ファルーンに来る前よりも、ずっと強くなった。

その力を振るう機会が来たのだ。高揚しないはずがなかった。

結局のところ、強さは戦いを求めるのだ。

ランドルフは2000の将兵の前に立っていた。

五天位として、自ら先陣を切ることが肝要だと考えていたからだ。

対峙したファルーン軍からは、カーミラが進み出てきた。

「裏切ることで五天位の筆頭にでもなったのかしら？　相変わらずの小物ね」

カーミラはいつものように白いドレスを身に纏っていた。それは戦場において異質であり、自身の美貌も相まって一際目立っている。

カーミラは扇子を開いて顔を隠すように覆っていた。ただ、扇子を染めている色は血を連想させるように赤黒く、その紋様は竜をかたどっている。ドルセンにいたときは、もっと風流で華美な扇子を使っていたはずである。

(随分と趣味が変わられたものだ)

若干の引っかかりを覚えつつも、ランドルフはカーミラに答えた。

「五天位はドルセンの勇者で構成されるべきもの。それを他国の者でも何でもいいから、その席を埋めようなどと、ジークムンド殿も先王もどうかしていたとしか思えぬ」

ランドルフはドルセンの騎士の代表として五天位の座に就いている。彼はそのことに誇りを持っており、冒険者出身のジークムンドや皇女であったカーミラのことを快く思っていなかった。

「先王？　あら、アラン兄様はもう王様になったつもりなのかしら？　王家の指輪は持っておいでで？」

カーミラは妖艶に笑った。昔から外見だけは美しい姫だったが、年を経て、さらに艶やかになっている。子を生《な》したと聞いていたが、そうとは思えぬ美しさだった。

「持っている、と申せば帰って頂けますかな？」

実際は持っていないのだが、ランドルフにとっては些細なことだ。

「嘘はおやめなさい」

カーミラは笑みを深めた。

「指輪ならここにありますわ」

そう言って、左手の薬指に着けた指輪をかざした。指輪の魔石がカーミラの魔力に呼応して蒼い輝きを放つ。代々のドルセン王も放ってきた輝きだったが、カーミラのそれは一際強烈な光となっていた。

「何故、それがカーミラ様のもとに!?」

ランドルフは動揺した。連れてきた騎士や兵士たちにも動揺が広がっている。自分たちの正当性が揺らいだからだ。

いや、正当性など反乱を起こしたときから既に無かった。前国王の輝きが鈍ったと見たから反旗を翻したに過ぎない。しかし、カーミラの持つ魔石の輝きはあまりにも鮮烈で、ドルセン王家の威光を思い起こさせるには十分だった。

「偽物だ！　カーミラ様がドルセン王家の指輪を持っているはずがない！」

ランドルフは部下たちの動揺を抑えるために声を張り上げた。

重要なのは指輪の真偽などではない。この戦いに勝つか負けるかだ。

「王家の指輪の真贋《しんがん》の区別もつかないだなんて、そんなことだから五天位の筆頭に選ばれなかったのですよ？」

カーミラが薄く笑った。扇子を閉じ、その先端に魔力が集まって輝いている。

(何をするつもりだ？『ソニックブレード』か？　いやしかし、あの魔力は？)

カーミラが真横に扇子を薙いだ。その軌跡が光の刃と化して放たれる。

(何だあれは!?『ソニックブレード』などではない！)

ランドルフは一瞬で危険を察知し、跳躍することでその攻撃をかわした。

「強くなりましたな、カーミラ様！　ドルセンにいたころとは違って研鑽《けんさん》を積んだようですな」

その言葉ほどの余裕はない。カーミラがファルーンに行ってから2年も経っていなかった。しかも1年は出産に費やしていたはず。にも拘わらず、ここまで強くなっているとは想定外だった。

「後ろをご覧なさいな、ランドルフ」

言われて振り返ったランドルフは、自軍の惨状に愕然とした。

前列に並んでいた兵士たちのほとんどが、先ほどの一撃で身体を斬り裂かれ、無残に倒れていたのだ。

突然仲間を失った他の兵士たちが狼狽《うろた》えている。

「馬鹿な！　あの距離でまだこんな威力を誇る攻撃など！」

魔法だろうと剣技だろうと、距離が離れれば離れるほど威力は損なわれる。

自軍とカーミラの距離は十分に離れていたはずだった。

「ランドルフ、ファルーンという国はね」

カーミラは嗤った。

「地獄のような場所なのよ？」

今度は扇子を開くと、優雅にあおいだ。

そよ風が魔力を纏って衝撃波へと変わり、ドルセン軍を襲う。

ランドルフは盾で防ぎながら懸命にこらえたが、近くにいた兵士たちはあえなく吹き飛ばされた。

魔法であれば、この衝撃波と同等の威力を備えたものは珍しくないだろう。

だが、魔法には詠唱が必要である。効果が強力であればあるほど詠唱は長くなる。

それをカーミラは、扇子のほんの一振りで引き起こしたのだ。しかも先だって、兵士たちを斬り裂いた真空の刃も凶悪な威力を誇っていた。

（あんな化け物相手に勝てるわけがない）

そうドルセンの兵士たちに思わせるには十分であり、既に彼らは恐慌状態に陥っていた。

浮足立った敵を前に、パレス騎士団が容赦なく突撃を仕掛ける。

先陣を切るのは盗賊であったミネルバ、傭兵であったレイア、冒険者であったサーシャらだが、彼女たちは一様に同じ表情を浮かべていた。

すなわち、『力を振るえる矛先ができて楽しくてしょうがない』という獰猛《どうもう》な顔。

元々腕に自信のあった彼女たちだが、ファルーンでは一方的に痛めつけられてプライドを粉々にされていた。そんなどん底に突き落とされた状態で、理不尽な食事と訓練を強いられた後、新たな力を手にしたのだ。それを振るう場を与えられて、楽しくないわけがなかった。今や彼女たちも立派なハンドレッドの一員である。

一方、ランドルフはさすが五天位の第二席なだけあって、その実力を発揮していた。

パレス騎士団がいくら鍛えられたからといっても、元々の地力が違うために相手にならない。

ただ、ランドルフも相手を仕留めきれず、フラストレーションを溜めている。とどめを刺そうとすると新たな相手がかかってくるので、倒しきれないのだ。

しかも自軍はみるみるうちに減っていく。

(このままでは！)

危機感を覚えたランドルフの前に、白いドレスを身に纏った姫君が姿を現した。

戦場の只中《ただなか》にあって、彼女の周りだけが静謐《せいひつ》を保っているかのような雰囲気を醸し出している。無論、カーミラであった。

「さあ、ケリをつけましょうかしら？」

彼女はたおやかに微笑んだ。

「別にあなたに勝っても、五天位の第二席なんていりませんのよ？　わたしはドルセンの国母となるのですから」

「ぬかせ、売女っ！」

ランドルフは剣と盾を構え直して、カーミラに向かっていった。

まだ勝ち目はある。たった2年前までは自分のほうが強かった。それほど腕に差はなかったが、甘ったれたところのあったカーミラを精神的な部分で凌駕したのだ。

人の根底は簡単に変わるものではない。いくら力を付けたところで、つけ入るところはあるはずだ。そうランドルフは考えた。

カーミラはパチリパチリと指を鳴らして、『ソニックブレード』を飛ばしてくるが、ランドルフは盾でそれらを上手くいなした。2年前とは比べ物にならない威力。避け損ねれば致命傷になりかねない攻撃に、冷や汗を流しながらカーミラに迫る。

あと一歩、あと半歩。カーミラは幻惑を使う。そのこともランドルフの頭の中に入っていた。それを計算した上で間合いを詰め、確実に仕留められる必殺の一撃を振るう。

(殺《と》った！)

だが、ランドルフの剣は空を斬った。

(これも幻影だと!?)

カーミラの姿を求めて視線を彷徨《さまよ》わせたランドルフの耳元で、

パチリ

という破滅の音が鳴った。


ランドルフ敗死。

その報はアランを愕然とさせた。ランドルフはアランの持つ唯一の大駒だった。兵力はまだ十分に残っているが、頼みにする勇者がいない。

領土を割譲するという条件でイーリスとバルカンが味方に付いている。バルカンはジークムンドの足止めをしており、あとはイーリスの軍に頼るしかない。

イーリスでは『三伯』と呼ばれる武勇の誉れ高い3つの伯爵家が名を馳せている。

今回のアランの支援として、そのうちの一家であるゴドウィン伯が来ていた。

「ゴドウィン伯、申し訳ないが、ファルーン軍を倒してもらえないか？」

すぐにゴドウィン伯を呼び出したアランは、ファルーン軍の対処をイーリス軍に任せたいと話した。

「ファルーンを、ですか？」

対してゴドウィン伯の返答は鈍い。

すでにランドルフが戦死したことは知っている。ランドルフは決して弱い男ではない。国境の小競り合いで何度が戦ったことがあったので、ゴドウィン伯はそれを重々承知していた。三伯に匹敵する五天位のひとりとして、申し分のない実力の持ち主であった。

それゆえに『自分であれば勝てる』などという慢心は持っていなかった。

「10倍の兵を率いたランドルフ殿が敗れたということは、かなりの強敵でしょう。迎撃するのではなく、城にて迎え撃つべきかと……」

「馬鹿な！　あのような田舎者どもを過剰に恐れるなど、それでもイーリスが誇る三伯のひとりか？」

アランはファルーンを見下していた。それゆえにファルーンに敗れ、妹を差し出した先王に対して叛意《はんい》を抱き、クーデターを起こしたのだ。

「しかし、すでにドルセンはブリックスの戦いと、ランドルフ殿の敗戦と二度も負けているのですぞ？　相手を侮るようでは足をすくわれるばかりでは？」

ゴドウィンは内心ウンザリしていた。アランは王としては、明らかに愚かで資質を欠いていた。だからこそイーリスとバルカンに担がれているのだが、この状況は不味い。

バルカンからはファルーンは要注意だと喚起されている。バルカン出身の双剣のシーラがゼロス王に嫁いでいるため、あの国はそれなりにファルーンの情報を持っているのだ。

「まぐれだ！　そうに決まっている！」

叫んだアランを「救いようのない馬鹿だな」と心の中でゴドウィンは罵倒した。しかし、ランドルフを失った今、ドルセンの将兵を動かせるのはアランしかいなかった。

どうしたものか、と思案を巡らせていると、ドルセンの兵士が部屋に飛び込んできた。

「敵襲です！　敵が城内に侵入しました！　ファルーンの軍勢かと思われます！」

XV◆ベルセの街

ドルセンの王都ベルセは緊張に包まれていた。

ただでさえ内乱が起きて先王が弑逆《しぎゃく》され、街は混乱状態にあるというのに、今度はファルーンの軍が迫っているという。

ベルセの城壁の上に駐留する兵士たちは複雑な思いを抱えていた。彼らは城壁の内側で起きたクーデターに参加していないので、新王を名乗るアランに忠誠を誓ったわけではない。とはいえ、先王のためにアランに反抗するほどの義理もなく、生活のこともあって仕事を続けている。

ファルーン軍を率いるのはカーミラ。アランと同じく先の王の兄妹《きょうだい》だ。

カーミラは先王のために兵を挙げたという。であれば、大義はカーミラの方にあるのではないか？

兵士たちがそんな葛藤を抱える最中、彼方《かなた》からベルセに迫る馬群が姿を見せた。恐らくファルーン軍だろう。聞いてはいたが、その数は少ない。

敵軍を確認した守備隊の隊長が声を上げた。

「鐘を鳴らし、敵の接近を知らせよ！　他の者は弓を……ごっ？」

言いかけて、隊長は倒れた。石畳にはその血が広がっている。

代わりにそこに立っていたのは見慣れない男だった。よくある平民のような服装に、血の滴る剣を片手に握っている。

「俺はハンドレッドの30位、ジュウザだ」

「ジュウザ？　疾風のジュウザか!?」

兵士たちが一斉に武器を構えた。

和睦が成立してから2年、ドルセンとファルーンの間で人の行き来が増えた。闘技場を見に行ったドルセンの人間も多くなり、ハンドレッドの噂もよく入るようになっている。その中で、風の如き動きをするジュウザは『疾風』の二つ名で知られていた。

ハンドレッドの強さを「誇張された見世物」と貶《おとし》める貴族や騎士階級とは異なり、実際に見聞きしていた一般階級の人間たちはその強さを正確に評価していたと言える。

「嬉しいねぇ、俺の名がドルセンにまで知られているとは光栄だ」

ジュウザはニヤリと笑った。

「カーミラ様から伝言だ。『抵抗しなければ許す』と。ただし、『抵抗する者には容赦するな』

とも言われている。どうする？」

「たかが、ひとり！　やれ！」

年長の兵士が声を張った。何人かの兵士がジュウザに向かって弓を引く。

ジュウザはその兵士たちの方に倒れこむようにして走り出した。その動きはしなやかで獣を思わせた。

兵士は慌てて矢を放ったが、ジュウザは地を這うような低い体勢をとりながら、矢の軌跡を縫うように避けて接近。弓を持った兵士たちと指示を出した年長の兵士を簡単に斬り捨てた。

「で、どうする？」

一瞬で5人以上の兵士を斬ったジュウザは、剣を振って血を払い、再び問いかけた。

「言っておくけど勝てないぜ？」

その言葉に兵士たちは武器を捨てた。アランに対する忠誠心の無さと、目の当たりにしたジュウザの強さが、彼らをそうさせたのだった。

このとき、城壁に上っていたのはジュウザだけではなかった。

パレス騎士団のシャーリーとその麾下《きか》のアサシンなど、先行してベルセに潜入していた者たちがファルーン軍の接近と共に城壁へ侵入。見張り櫓《やぐら》などを制圧し、城壁の守備隊を機能不全に陥らせていた。

ただ、城門は閉ざされたままである。

そこにファルーン軍の馬群から一騎が先行して抜け出た。牛のような巨大な馬に乗っているのは、やはり縦も横もでかい禿頭の大男だった。

ハンドレッドのワンフーである。手にはブラッディロッドを握っていた。

ワンフーはそのまま城門に近づくと馬から飛び降りて、ブラッディロッドを門に叩きつけた。

超重量を持つその一撃に、門の裏側につけられた閂《かんぬき》が破壊され、城門が軋む音を立てて開き始めた。

城門の内側にいた兵士たちが何事かと駆け寄ったが、現れたワンフーの姿を見て後ずさった。

「どいていろ。大人しくしてれば殺しはしない」

ワンフーは低いがよく響く声で警告した。

「血棍《けっこん》のワンフーだ！」

城門を守る兵士たちから声が上がった。ワンフーもその名を知られるハンドレッドのひとりであり、血煙を上げるブラッディロッドを振るうことで、血棍のワンフーと呼ばれている。

「おのれ、化け物が！」

騎士のひとりがワンフーに斬りかかった。

ワンフーは虫でも払うかのようにブラッディロッドを振るうと、騎士は鎧ごとひしゃげてしまい、物言わぬ肉塊へと変わる。

「こういう死に方だけはしたくない」という見本のような死に、兵士たちは顔を歪めた。

城門の兵士たちがワンフーに怖気《おじけ》づいている間に、その横をファルーン軍が駆け抜けていった。先頭は白いドレス姿で馬の鞍に横に腰かけたカーミラである。手綱も握らず、どうやってコントロールしているのかわからないが、馬は一直線に城を目指している。

流れる紫色の長い髪に、口元を隠した扇子はまるでバカンスの最中のような優雅さを醸し出しているが、後に続く者たちは皆完全に武装していた。

城門の惨状を横目で見て、カーミラは片頬で笑った。「祖国の城門ながら、容易く抜けたものね」と皮肉に思ったのだ。

ファルーン軍が通り過ぎた後、城壁からジュウザが飛び降りてきた。

「おっさん、一緒に行くか？」

ワンフーはジュウザをギョロリと見ると、

「案内せぇ。おまえらはそのために先に来たんだろうが」

と不愛想に答えた。

「へいへい。じゃあ行きますかね」

ジュウザが城のほうではなくベルセの街の中へと歩き出す。

それをひとりの兵士が見咎《みとが》めた。

「待て！　どこへ行くんだ！」

彼はジュウザたちが街の人間を害するのではないかと危惧したのだ。

「心配するな。一般人には手を出さないよ」

ジュウザがひらひらと手を振った。

「じゃあ何をしに……」

「イーリス軍を潰す」

ワンフーが兵士を見もせずに答えて、歩き出した。

ベルセの街には、ゴドウィン伯が連れてきた５００人程のイーリス兵が駐屯している。

ジュウザたちの標的はそれだった。

「良かった……あいつらと戦わずにすんで……」

去っていくジュウザたちの背を見ながら、その兵士は心の底から思った。

城の中では混乱が起きていた。

接近していると聞いていたファルーン軍がすでに城門を突破し、城内へと侵入しているのだ。

ゴドウィンは何も言わずに玉座の間を去ると、街に駐屯させているイーリス軍との合流を試みようとしていた。

「ドルセンの連中が時間を稼いでいる間に急げ！」

部下にそう告げると、ゴドウィンはファルーン軍が侵入した場所とは離れたところから脱出しようと考えていた。

（他の部下たちと合流できたら裏門から出て、援軍と合流せねば）

ファルーン軍の侵攻の報を聞いた時点で、すぐに本国には援軍を要請しており、その軍勢は近くまでやってきているはずだった。

だが、城を抜け出して、イーリス軍の駐留場所へとたどり着いたゴドウィンたちが見たのは、兵士たちが死屍累々となっている地獄のような光景だった。

「遅かったですな」

長い黒髪を後ろで束ねた男がゴドウィンに声をかけた。風采の上がらない容貌だが、手にした血まみれの剣が、この惨状を起こしたひとりだということを示していた。

黒髪の男の後ろには、まちまちの武装をした者たちが20人ほど控えている。その中には、城門の戦いで活躍したジュウザやワンフーの姿もあった。

「イーリスの三伯のひとり、ゴドウィン伯とお見受けしましたがいかに？」

「……だとしたら、どうする？　おまえは誰だ？」

5人のゴドウィンの側近たちが剣を抜いた。

「わたしはハンドレッドの4位・ヤマトと申します。お相手願えますかな？　あなたの連れてきた兵士たちでは、ちと物足りなくて」

ヤマトは事も無げに言った。

「物足りないだと！　500人も殺しておいてか！」

激高したゴドウィンも腰の剣を抜く。

「量より質と申しましょうか。音に聞こえた三伯の兵と聞いて期待していたのですが、いささか練度が足らなかったようですな。他の者たちには手を出させませんので、一騎打ちは如何でしょう？」

如何も何も、この得体の知れない黒髪の男と戦う他に、ゴドウィンには生きる道がないのは明白だった。

「よかろう、三伯を舐めたことを後悔させてやる！」

言うや否や、ゴドウィンの身体が青白い炎のようなものに薄く包まれた。

ゴドウィン伯爵家に伝わる身体強化の術である。肉体に魔力を走らせることで、短期的に大幅な力の向上を促す技だ。また、その効果は身体だけでなく剣にまで及んでいた。

「いいですな！　剣技ではないですが、その技術は素晴らしい！」

ヤマトが高揚した表情を浮かべた。

「その慢心を抱いたまま逝くが良い！」

ゴドウィンが矢のような速さでヤマトに突進、剣を振るった。

ヤマトはそれを剣で受け止めるのではなく、受け流すことによって攻撃をかわす。

「おおっ！　速さだけでなく力もかなり上がっていますね！　さすが三伯の技！」

相手の技を褒めながらも、ヤマトは何度も剣で斬り結んだ。

裂ぱくの気合で剛剣を振るうゴドウィンに対して、ヤマトは柳のような柔らかさで対応し続ける。

「おのれ！　ちょこまかと！」

ゴドウィンは焦っていた。身体強化は長い間続かない。一撃でも当てれば勝てるはずだが、ヤマトという男は剣術が上手かった。防御だけでなく、受け流した剣でそのまま攻撃に転じてくることもあり、まったく気を抜くことができない。

決め手に欠けたまま、時間だけが過ぎていく。

「そろそろ限界のようですな」

ヤマトもまたゴドウィンの身体強化の術の限界を把握していた。

「しかしまあ、十分です」

（十分？　何がだ？）

ゴドウィンはヤマトの言葉の意味がわからなかった。

疲弊したゴドウィンは一旦間合いを離した。体力的にも魔力的にも限界が近く、肩で息をしている。

それを横目に、ヤマトはゆっくりと構え直した。

「こんなものですかな？」

ヤマトの身体が青白い光を帯びた。ゴドウィンほどの光ではないが、身体強化の術であることには間違いなかった。

「馬鹿なっ!!」

ゴドウィン家に伝わる身体強化の術は門外不出。そう簡単に体得できるようなものではない。

「いやいや、難しいですな、この技は。肉体に魔力をなじませる必要があるので、身体の消耗も激しく、見様見真似ではこれくらいが限界です」

ゴドウィンは身体強化の術を会得するのに3年かかっている。身体の鍛錬はもちろん、魔術的な素養も必要になるため、どうしても時間がかかるのだ。わずか数分でモノに出来るような技術ではない。

「……何者なんだ、貴様は？　それほどの才がありながら、なぜファルーンのような小国にいる？」

「元は田舎でしがない剣術道場を開いておりましたが、今はファルーンで剣の指南役を仰せつかっております」

「指南役だと？　何だそれは？　イーリスに来い。そうすれば金も地位も望みのものを与えてやろう。何なら爵位もくれてやる」

三伯のゴドウィンにはある程度の権限がある。王にかけあえばイーリスでヤマトを相応の地位に就かせることも不可能ではない。

「……爵位ですか？」

フッ、とヤマトは嗤った。後方に控えている他のハンドレッドのメンバーたちも嗤った。

「残念ながら、金にも地位にも興味がありませんな」

ヤマトの構えが低いものに変わっていく。力を溜め、次の一撃で勝負を決めに行くつもりだった。

「力こそすべて。それがハンドレッドの唯一無二の掟。力の前ではその他のものなど塵芥《ちりあくた》のようなもの。それに我々は力と引き換えに陛下にすべてを捧げているのです」

ヤマトのその言葉に呼応して、ハンドレッドのメンバーが叫んだ。

「我らの百の命は陛下のために！」

武器も外見も不揃いな者たちがぴたりと呼吸を合わせたその声に、ゴドウィンと側近たちは不気味なものを感じた。

「理解に苦しむな。我々は獣ではない。力がすべてではないはずだ」

ゴドウィンも最後の力を振り絞って、全身の魔力を強化する。

対峙したふたりは視線を交えると、次の瞬間、身体を交差させた。

少し間をおいてから、ゴドウィンがゆっくりと倒れ、地面を赤く染めた。

「同じですよ。獣も人もモンスターも力がすべてです」

言いながら、ヤマトは肩口に傷ができていることに気付いた。

「おや？　さすがは三伯、といったところですかな」

ゴドウィンの側近たちは主の敵《かたき》を討とうとしたものの、残るハンドレッドのメンバーの手によって討ち取られた。

XVI◆ドルセン攻略

ゴドウィン伯が呼び寄せたイーリスの援軍1000騎は、王都ベルセのすぐそばまで迫っていた。

指揮をとるイーリスの将軍が偵察部隊を先行させた結果、すでにファルーン軍はベルセの城門を突破しているという情報を得ていた。

(抜かれるのが早過ぎる！　ドルセン軍は何をしていたんだ？)

将軍はドルセン軍の無能を心の底から罵《ののし》った。

通常、攻城戦となれば守る方が圧倒的に有利であり、ベルセ級の城塞都市であれば数か月は持ちこたえることが可能なはずだ。それを一瞬でファルーン軍の侵入を許すなど、ドルセン軍の怠慢以外に理由が考えられなかった。

「是非もない。このままベルセに突入し、ゴドウィン伯と合流する！」

将軍は部下たちに号令をかけた。

いくらファルーン軍が強兵揃いといえども、その数は200程度。城内の兵と上手く呼応できれば、数に物を言わせて挟撃することができる。

将軍の作戦はまっとうと言えた。


——立ちふさがる者さえいなければ——


王都ベルセまであと少しというところで、街道を塞ぐように5人の男が立っていた。

(何だ、あれは?)

少しの逡巡の後、将軍は決断した。

「味方であれば避ける!　敵であればこのまま蹴散らすのみ!　このまま突き進め!」

ゴドウィン伯の安否が最優先であり、今は時間が惜しい。敵か味方か不明の5人に関わっている暇などなかった。

馬を止める必要すらない。このまま蹂躙《じゅうりん》するのみである。

1000の騎兵は速度を緩めることなく突っ走った。そして、あと少しで男たちと激突するというところで、5人の中のひとりが進み出て剣を構えた。

腰に力を溜めるように身体を捻り、剣を後方に下げている。

(徒歩《かち》の兵士が騎兵を剣でどうにかできると思っているのか?)

単純に剣の間合いでは騎兵には届かないため、歩兵が圧倒的に不利なはずである。無謀も良いところだ。

しかし、その男の持った剣が魔力を帯びた輝きを見せ始める。

「剣技持ちか！　総員回避！」

将軍の指示と男が剣を振るったのは同時だった。

剣から繰り出された暴風のような奔流がイーリス軍を襲う。

先頭を走っていた騎兵たちが馬ごと吹き飛ばされると、後方にいた騎兵の馬がパニックを起こして暴れ、騎士たちは次々と落馬した。

イーリス軍は混乱をきたし、完全にその勢いを失って停止した。

「ここから先は行き止まりだ」

剣を振るった男が宣言した。

「どうしても、ってんなら俺たちが相手になる」

その男は短く刈り込まれた金髪に精悍な顔立ちをしていた。

「貴様、ハンドレッドだな？　名を聞こうか？」

いち早く体勢を立て直したイーリスの将軍が問い質した。このデタラメな威力の剣技は恐らくハンドレッドでも相当上位の者と踏んだのだ。

「俺はハンドレッドの1位、オグマだ」

オグマは後ろの4人を指差した。

「こいつらも同じハンドレッドで、アーロン、バリー、ビル、ブルーノだ」

「始まりの5人か」

イーリスの将軍は、敵対するであろうハンドレッドの情報を事前に精査していた。

その中に、ハンドレッド最初期のメンバーとしてオグマ、アーロン、バリー、ビル、ブルーノは、ハンドレッド創設時の『始まりの5人』として明記されていた。

常に1位であるオグマは別格としても、他の4人も常にランキング上位を争っている実力者だ。

「人間だと思うな、こいつらはモンスターと同じだ！　数の利を活かせ！　回り込み、包み込むように狩るんだ！」

将軍の指示に従い、イーリスの騎士たちがすぐに包囲網を形成する。彼らはモンスター討伐の経験がある部隊で、すぐに将軍の意を汲んだ。

「良い指示だ。そうこなくちゃ、つまらねぇ」

オグマがニカッと快活な笑みを浮かべる。

「たった5人で、1000人を相手にできると思っているのか？　先のドルセンとの戦いでは、

おまえひとりで50人の騎士を倒したらしいが、今回はおまえらがひとり50人倒しても終わらぬぞ！」

　敵の戦意をくじこうと、イーリスの将軍が声を上げる。

「何年前の話だ、そりゃ？　俺たちは常に死ぬ寸前まで戦い続けて鍛えているんだ。そんな昔の俺と今の俺を一緒にしないで欲しいな」

　片手で持った大剣で、オグマは自分の肩をポンポンと叩くと、おもむろに構えた。

「まあ戦ってみればわかるか。いくぞ！」

　オグマが魔力を込めて大剣を振るった。それは風の刃を生み出す『ソニックブレード』ではなく、大気を乱し、すべてを引き裂く嵐を発生させるオグマの独自剣技ストームバースト。あまりの威力に、闘技場では使用を制限されている技。

　ストームバーストが引き起こしたエネルギーの奔流の前に、何十人というイーリスの騎士たちが宙を舞った。いや、宙を舞うだけならまだ良かった。まともに喰らった騎士は四肢が千切れている。

　一撃で部下を数十人も失ったイーリスの将軍は戦慄《せんりつ》した。

（これではまるでドラゴンを相手にしているようなものではないか！）

「背後に回れ！　後ろから狙え！」

すぐに指示を出したが、オグマの後ろに控えていた4人が騎士たちの進路を阻んで、回り込むことができない。

オグマほどの派手さはないが、ひとりで5人程度を一度に相手にしている。

速さが違う。力が違う。まるで羽虫のようにイーリスの騎士たちが次々と斃《たお》れていく。

将軍が連れてきたのは雑兵などではない。騎士なのだ。普段からしっかり訓練を積んだ精鋭なのだ。

(何なんだ、こいつらは。同じ人間か!?)

あっという間に削られていく自軍を前に、イーリスの将軍は戦慄した。

「魔法騎士団、前へ!」

将軍は後方に控えさせていた虎の子の魔法騎士団100名を呼び寄せた。

魔法騎士団は、魔法使いとしての素質が足りなかった者たちに騎士の訓練を、騎士としては物足りないが学問が得意だった者たちに魔法の教育を、それぞれ受けさせて誕生したイーリスの誇る特殊部隊である。無駄を嫌う現国王の発案によるものだ。

さすがに強力な魔法は使えないものの、剣による接近戦から魔法による遠距離戦までこなすことができる。難点としては、誰でもなれるわけではないので数を揃えられないことだが、それでも他国から恐れられる存在となっている。

今回、100人もの魔法騎士団を連れてきたのは、当然対ファルーンを期してのことだ。

「遠巻きに魔法で狙え！　他の者たちは魔法騎士たちの盾となれ！」

馬に乗りながら魔法を準備していた魔法騎士たちから、火球や雷撃、風の刃の魔法が乱れ飛ぶ。ひとつひとつは低位の魔法であるため威力はそれほど高くないが、それが100騎の魔法騎士たちから放たれると壮絶であった。

彼らは騎馬でオグマたちの周囲を大きく旋回し、間断なく魔法を放っていく。

オグマたちは腕で顔を覆うように防御したまま、一歩も動けない。

「魔法騎士は限界まで魔法を撃ち続けろ！　他の騎士たちは攻撃用意！　魔法が切れたところを突っ込むぞ！」

一時の混乱状態から立て直したイーリスの騎士たちが、槍や剣を構えてオグマたちを遠巻きに囲んだ。その表情に既に怯えはなく、この好機にオグマたちを仕留めようという決死の覚悟がある。彼らは息を呑んで待った。

徐々に魔法による弾幕が薄くなり、張り詰めた糸のように緊張感が増していく。騎士たちの武器を握る手に力が入った。

ところが魔法騎士たちが最後の魔法を放とうとしたそのとき、オグマたち5人が一斉に駆けた。

まだ、魔法は撃ち尽くされたわけではないが、オグマたちはそれを無視したのだ。魔法が当たっていないわけではない。顔にも身体にも直撃を受けている。けれど、彼らは雨にでも打たれているかのように、少し顔をしかめる程度で突進してきた。

慌てて剣を抜いた魔法騎士たちだが、雑兵を相手にするのとは訳が違う。

「勝ち逃げは許さねぇ」

遠い間合いから跳躍して斬りかかったのはアーロンだった。小柄だが速さには定評のある男だ。

「ひっ!」

狙われた魔法騎士は為すすべもなく斬られた。そして、アーロンはその騎士が乗った馬を踏み台にして次の騎士を狙った。

馬から馬へと跳躍して移動しながら、次々と騎士たちを斬り伏せていく。まるでそういう逸話を持つ魔物のようであった。

ブルーノは大剣で馬ごと騎士を斬った。少し悲しそうな顔をしているのは馬に対する憐憫《れんびん》だったが、それでも一切の躊躇はない。人も馬も区別なく両断されていく。オーガであっても、ここまでの膂力《りょりょく》は持たないだろう。

バリーは『ソニックブレード』で魔法騎士たちを狙った。魔法による結界で防御を試みる魔法騎士もいたが、展開した結界ごと斬り裂かれた。低位の結界では紙ほどの役割すら果たすことができなかったのだ。

ビルはごく普通に歩み寄って斬った、ように見えた。ただ、その技量は尋常なものではなく、その一撃は避けることも受けることもできなかった。迎撃しようと剣を振り上げても、先に斬られてしまい、防御しようと剣を構えても、すり抜けるように騎士の身体だけが斬られてしまった。それは卓越した技によるものだが、本来騎士としては半端者であった魔法騎士たちにはまるで魔法のように思えた。

そしてオグマは魔法騎士すら無視して、突撃するために遠巻きに取り巻いていた騎士たちの只中に突っ込んでいった。もっと強い相手を貪欲に探すように、獰猛な表情を浮かべ、騎士たちを当たるに任せて倒している。伝説に聞く、無限に戦いを求めた狂戦士とはこういうものなのかと知らしめるように。

イーリスの騎士たちは完全に気勢を削がれた。

将軍は他の騎士たちに魔法騎士たちの救援をさせようと思ったのだが、オグマのせいでそれどころではない。

「囲んで討ち取れ！」

まっとうだが凡庸な指示だった。イーリスの騎士たちが取り戻していた戦意は失われ、勝機は無くなっていたのだ。いや、勝機など最初から無かった。

将軍は『始まりの5人』を目にしたときに撤退すべきだった。魔法騎士などという中途半端な存在では太刀打ちできる相手ではなかったのだ。

そのツケは今清算されようとしている。

将軍の眼前にオグマが現れた。その眼は力を振るう喜びに満ちている。

（狂っている）

将軍はようやくハンドレッドの異常性に気が付いた。しかし、遅かった。

オグマは自分が今から倒す相手が敵将であることも理解せずに、無造作にその大剣を振るった。


アランは取り乱していた。ファルーン軍襲来の報にうろたえている間に、いつの間にかゴドウィン伯が姿を消している。

（逃げたのか！　わたしを見捨てて！）

その推測は正しかったが、ゴドウィン伯はあくまで協力者であって部下ではない。呼び戻そうにも戻ってくるとは思えなかった。

すでにファルーンの軍は城内に侵入している。

（わたしも逃げるべきなのか？　いや、王らしく迎え撃つべきか？）

考えた末に、騎士や魔導士たちを玉座の間に集結させた。アラン側に付いた貴族たちも逃げ込んできた。

（とりあえず迎え撃とう。危なくなったら逃げればいい）

玉座の間には、いざというときのための脱出路がある。臣下たちに時間を稼がせれば、逃げるのはそれほど難しくないはずだった。

「あの扉が開いたら、魔法を撃て！」

味方がまだ逃げ込んでくる可能性を無視して、アランは命じた。


しばしの静寂の後、クーデターの傷が残ったままの扉がゆっくりと開きかけた。

準備していた魔導士たちが一斉に魔法を放つ。爆音と共に扉が吹き飛んだ。

「魔法で扉を開けてくれるなんて、この国にしては良い演出だわ」

無くなった扉の先に立っていたのは、扇子をかざしているカーミラの姿だった。

先ほどの魔法を扇子ひとつで防いだのか、傷を負った様子はない。

カーミラはつかつかと玉座の間に足を踏み入れた。後ろにミネルバやレイアといったパレス騎士団が続く。

「ふふっ、アランお兄様にしては、結構味方がいるのね。貴族がこんなにたくさん」

嬉しそうにカーミラが口の端を吊り上げた。それは死を予感させる凶相だった。

「さぞかしガマラスが喜ぶでしょう。あれはケチだから、貴族の数を減らしたがるものね」

「貴族など、何の役にも立ちませんからな」

ミネルバが場にいる貴族たちを一瞥して、獰猛な笑みを浮かべた。

「玉座を簒奪しにやってきたか、カーミラ！」

アランが玉座に座ったまま、カーミラを糾弾《きゅうだん》した。芝居がかったその声は、精一杯の威厳を込めたつもりのようである。

「あらあら、アランお兄様は記憶障害でもあるのかしら？　王位を簒奪したのはお兄様のほうではなくて？」

「違う！　これはドルセンの総意だ！　ファルーンなどに屈した王など、誰も王とは認めぬ！これは正当な王位の継承なのだ！」

「総意などと、お兄様は面白いことを仰るのね」

カーミラは心底楽しそうだ。

「総意とか資質とか正当性とか、そんなものは不要ですのよ？　欲しければ力で獲ればいいだけ。簡単でしょう？　お兄様が王位に就けたのは、先王を倒すだけの力があった、それだけのこと。わたしが王位に就けなかったのは力が足りなかったから、それだけのこと。でも今はどうかしら？　わたしもそれなりに強くなりましたの」

「おまえが俺を殺したところで、まだ兄上は生きているのだぞ？　おまえが勝ったところで、兄上がドルセンの王に復帰するだけだ！　それに何の意味がある？」

アランはカーミラの戦意を削ごうとして、隠していた情報を明かした。

「あら？　そんなこともご存じなかったのですか？　兄上は……前国王は既に亡くなられました。我が夫に後事《こうじ》を託して」

カーミラはひけらかすように左手の指輪を見せた。魔石の蒼い光が広間を照らす。

「何故おまえがそれを持っている？　夫だと？　ファルーンの王か？　兄上がファルーンの田舎者などに指輪を渡すわけがなかろう！　ファルーンの王こそが前国王を殺して、その指輪を奪ったに決まっている！」

アランがわめき散らした。それは自分の反乱を無かったことにして、マルスにすべての悪事を押し付けているようだった。

「別にどうでもいいではありませんか、そのようなことは」

カーミラはゆっくりと扇子を閉じた。

「渡されようと奪われようと大した違いはありません。結果がすべてなのです。ならば勝者が都合の良い方を選ぶだけのこと」

そう言いながらも、カーミラはマルスが指輪を強奪したとは考えていなかった。自分の夫はそういうことをする人間ではないと知っていた。

「馬鹿な！　正当性無くして国が成り立つものか！」

アランは反乱を起こして王位に就いたことも忘れて、カーミラを非難した。

「正当性？　必要ありません。この世は簡単な根本原理でできているんです。力のあるものが正しいという残酷な原理で、ね」

カーミラの笑みが皮肉めいたものに変わったが、アランにはわからなかった。

「さて、心の準備は良いですか？　神への最期の祈りは捧げましたか？　最期の晩餐はお済みで？　特に食事は重要ですのよ。わたし、ファルーンに嫁いでから、食事の大切さを毎日のように痛感させられていますの。普通に美味しく食べられる食事の何と素晴らしいこと！　今考えれば、好きなものを好きなだけ食べられる日々こそ、人生で最も輝ける時ではなかったかと思えるくらいに、ね」

突然、食事の話を始めたカーミラだったが、パレス騎士団の面々もその言葉に深く頷いている。

「……おまえは何を言っているんだ？　一体、ファルーンで何を食わされているんだ？」

「何って、モンスターの肉ですよ、お兄様。端的に表現すれば、不味い毒です」

「不味い毒？　いや、そんなもの食わなければいいだけでは……」

そのアランの言葉をカーミラは鼻で嗤った。

「はっ、わたしたちには選択権などないのですよ。あの国ではそうせざるを得ないのです。食べなければ弱者は弱者のまま。それはわたしの矜持が許しませんの。このパレス騎士団の者たちも同様ですわ。力を求める者たちにとって、ファルーンは理想の国でもあり、地獄でもありますの」

そして、カーミラは表情を消した。

「さて、おしゃべりが過ぎましたわね。そろそろいいかしら？　まずはとっとと逃げ出しそうなお兄様から殺しましょう。どうせ、下の者に戦わせて、危なくなったら自分は脱出路から逃げようと思っているのでしょう？　昔からそういう人でしたものね。それだから、お父様から『王の資質無し』と見なされたのですよ？」

「なっ、何を言っている？　おまえにわたしの何がわかるというのだ！　ちょっと才能に恵まれたからといって、幼いころから我儘放題してきたおまえに、わたしの何がわかるというの

「別に？　特にわかりたくもありませんわ」

カーミラは閉じた扇子の先端に魔力を込めて、軽やかに振るった。

その場から玉座までかなり距離があったにも拘わらず、扇子から放たれた風の刃は護衛の騎士たちの間を抜けて、アランの身体を玉座ごと左右に両断した。

「陛下っ！」

ドルセンの貴族や騎士たちから悲鳴のような叫び声が上がった。

そして、先ほどまで自分たちの主だったモノが左右対称に綺麗に分断されたのを見て、彼らの顔色が死人のように白く変わった。

「姫様っ！　わたしはあなたに絶対の忠誠を誓います！　すべてをあなた様に捧げます！　どうか、どうか、命だけは！」

貴族のひとりがカーミラの前に進み出て、跪いて命乞いをした。

「忠誠？　あなたたちは先王の即位の儀のときも同じことを言ったでしょう？　わたし、聞いていましたわ。で、その口であなたたちはアランお兄様の反逆に加担したのでしょう？　そのような忠誠に何の価値があって？」

「いや、それはその、ドルセンのためにと……」

「要らないわ」

カーミラはパチリと指を鳴らし、風の刃でその貴族の首を刎ねた。

「後は始末してちょうだい」

配下のパレス騎士団にそう告げると、カーミラは玉座の間を後にした。

後にはドルセンの貴族たちの悲鳴だけが残った。

XVII ◆ 会談

イーリス国の北東に、アレス大陸でもっとも小さい国がある。

マーヴェ教国。アレス大陸最大の宗教マーヴェ教団の総本山にして聖地とされる場所である。国としては小さいものの、信奉されているマーヴェ神は大陸では圧倒的な信徒の数を誇っていた。僧侶たちが使う癒しの魔法も、マーヴェ神の加護に依るものだ。

この国は大陸全土の教会を管轄下に置き、熱心な信者の巡礼が後を絶たない。また、回復魔法を使える騎士たちで構成される聖騎士団を抱えているため、軍事的にも決して侮れる存在ではなかった。

その影響力は大きく、国の統治者であり、マーヴェ教の最高位である教皇の権威は各国の王よりも上だと囁《ささや》かれている。宗教面において、大陸のほとんどを握っていると言っても過言ではないだろう。

そのマーヴェ教皇のもとに、ふたりの訪問者が訪れていた。

イーリスの王とバルカンの王である。

「教皇猊下《げいか》、これは世界の危機なのです」

イーリスの王が言った。金髪碧眼、凛々しい顔立ちをしており、目に力がある。

イーリスはマーヴェ教国と隣接しており、歴史的にも繋がりが深く、貴族から平民に至るまで国民に熱心な信徒が多い。そのため王位継承にはマーヴェ教皇の意向が強く反映されると言われていた。

現在のイーリス王は40代と若く、野心家として知られている。隙あらば他国に介入し、自国の権益を伸ばすことに余念がない。ドルセン国に侵攻したのも、そういった野心からだった。

「世界の危機、か」

対するマーヴェ教皇は60代であるが、白髪に長い白髭と年齢以上の風貌をしていた。信徒たちの前に姿を見せる機会の多い教皇は、権威と慈愛を兼ね備えた存在であることが求められる。たとえ外見だけだったとしても。

「ファルーン国の噂は聞いている。変わった国である、とな。マーヴェ教に対しても、あまり熱心な国ではない。我々としても好ましくはないが、だからと言って世界の危機とは……イーリスが敗戦した言い訳ではないのかな？」

眠そうにも見える眼で、教皇はしっかりとイーリス王を見据えた。

「確かに我が国は負けました。三伯のひとりも討たれております。私怨が無いと言えば嘘になるでしょう。しかし、あの国の力は尋常ではありません。結局、ドルセンはファルーンの傘下に収まりました。何年か前まで辺境の小国に過ぎなかったファルーンがカドニアを併合し、圧倒的な国力差があったドルセンをも従えたのです。これは異常です！」

握りこぶしを振り上げて、イーリス王は力説した。

「左様です、教皇猊下。あの国は普通ではありません。我が国からファルーンの王に嫁いだ者がいるのですが、その者によると、毎食モンスターの肉を食べることを強要されているとのこと。あの毒としか表現できぬモンスターの肉をです。これは何かしらの良からぬもの……ひょっとすれば邪教のようなものが、かの国に関与している可能性を示しております」

バルカン王がイーリス王に続いて、ファルーンの脅威を説いた。50才程度の、がっしりとした体躯の男である。若いころは勇将として知られていた。

ファルーンの第四妃シーラはバルカン出身であり、その近況は手紙によって家族に知らされている。バルカン王はその手紙の内容の報告を受けていた。

「モンスターの肉を食べているのは本当なのか？　あれはとても食えたものではないぞ？　興味本位でモンスターの肉を口にして、教会の世話になる者は過去にはいたが、最近ではファルーンの噂を聞いてモンスターの肉を食べる者が続出しておる。だが、食べることに成功した者の話など聞いたことがない。あれはただの毒だ。しかも、ファルーンの教会からは、モンスターの肉を食べたことによる治癒報告は入っていない」

マーヴェ教国でもモンスターの肉に関する情報を収集していたが、不思議なことにファルーンからはモンスターの肉による被害の報告が無かった。

「そもそも、モンスターの肉は禁止しておらん。それを理由にマーヴェ教として何かするつもりはない」

教皇はファルーンに何らかの処罰を科すことには、あまり前向きではない。マーヴェ教国は基本中立が国是である。国家間の対立に関与したくない。下手に関与して、自分たちの立場を危うくしたくはないのだ。それは長年受け継がれてきたマーヴェ教国の処世術でもあった。

「モンスターの肉を食べているだけではありません」

イーリス王が声を落とした。少々、演技がかっている。

「ファルーンではモンスターを使役しているらしいのです。それもかなりの数のモンスターを」

「大掛かりな見世物小屋のことであろう。その報告も受けている」

ファルーンが国家として、大掛かりなモンスターの見世物小屋を催しているのは有名な話であり、教皇の耳にも届いていた。

「見世物小屋の話ではありません。モンスターを組織化し、兵団化しているのです」

「なに？　馬鹿な、そのような話は聞いたことがない。イーリスはそのモンスターの兵団と戦ったのか？」

教皇が険のある表情を作った。その話はマーヴェ教としては聞き逃せないものだった。

「いえ、戦ってはおりません。しかし、確かな証拠がございます」

「証拠？　どのようなものだ？」

「こちらをご覧ください」

イーリス王が袖から巻物を取り出し、それを机の上に広げた。巻物には魔法陣が描かれている。

「これは？」

「キエル魔道国、マトウ師からです」

「マトウだと？」

巻物の魔法陣が光り、その上に青白く透けた、見るからに幻とわかる小さな人間が姿を現した。幻影を使用した魔法通信である。

「お初にお目にかかる、マーヴェ教皇。わたしはキエル魔道国のマトウだ」

マトウと名乗る人物の幻影はフードを深く被り、杖を前について身体を支えていた。

「こちらの声が聞こえるのかね、マトウ師？」

教皇がマトウの幻影に向かって話しかけた。

「無論。このような形で失礼するよ。何しろ、わたしは出不精《でぶしょう》なものでね。さて、早速だが話を始めようか。スクロールを展開したということは、イーリス王がファルーンがモンスターを使役しているという話をしたのだろう。それは本当だ」

「なぜ、そう言い切れる？」

「わが国でモンスターの研究をしていた者がファルーンに流れた。最近までわからなかったが、大規模な見世物小屋を催していると聞いて、国の魔導士たちが研究のためにファルーンを訪れたのだ。その際にかの者の仕業だと判明した」

「ん？　見世物の件は知っているぞ。その程度なら問題ないと思うが？」

「かの者は見世物のために研究していたわけではない。兵器としての使役を目的としておった。そのために我が国でも危険な研究を繰り返し、少なからぬ損害を出しておる。故に追放したのだ」

「……そのような危険な者を何故処分しなかった？　いささか無責任ではないかね？」

教皇が困惑した表情を見せた。

「わが国は国であって国ではない。魔導士のための理想的な環境を提供する場所に過ぎん。ただ、世界にとって危険な研究を行う者には出て行ってもらう。それだけだ。それにな、魔法の研究には金がかかる。研究内容にもよるが、かの者が行っていた研究は生きたモンスターが必要なのだ。モンスターの生け捕りが難しいのはもちろんのこと、その飼育には莫大な金がかかる。とても個人で行っていけるものではない」

小さな幻影からはマトウの表情は読みづらいが、何となく慚愧《ざんき》の念があるように思えた。

「だが、その者はファルーンの援助を受けてしまった、というわけか？」

教皇が追及するように尋ねた。

「……そうだ。正確に言えば、ファルーンの正妃フラウの庇護を受けた。フラウはその者だけでなく、我が国を追放された多くの魔導士を迎え入れている。フラウは事の良し悪しなどを考慮せずに魔道を探究している節がある。危険な魔導士だ」

「雷帝フラウか。幼いころより天才として知られた者だな」

「確かにフラウは天才だった。だが、わたしの見立てでは典型的な早熟で、すぐに魔力が頭打ちになると見ていた。ところがフラウの魔力は今でも伸びている可能性がある。現在のファルーンの魔法結界は強力で、わたしでも打ち破ることができん。故にファルーンの内情は我々でも掴めていない。だが、直接モンスターの見世物小屋を見た者からの報告によると、モンスターはかなり従順な様子だったとのことだ。

下位の弱いモンスターだけではない。アースドラゴンのような強力なモンスターもだ。となれば、ファルーンはすでにモンスターの軍団化に成功しているとみて間違いないだろう」

「うーむ」

教皇は迷っているようだった。確たる証拠があるわけではないが、マトウ師の言っていることは恐らく真実だろう。となれば、ファルーンは人にとって脅威となるかもしれない。

「猊下、迷っておられるようだが、ファルーンはあらゆる意味で危険なのだ」

そこに口を出したのはバルカン王だった。

「あの国は貴族を否定しておる。ファルーンではゼロス王の即位時に、ほとんどの貴族が粛清された。カドニアでもルビス王妃に連なる貴族以外はほとんどが廃されている。新たにファルーンの傘下に入ったドルセンもそうだ。アラン王に付いた貴族は皆殺しにされ、貴族の力は極端に弱められている。しかも貴族が減った分、税を減らすことで平民たちの支持を得ている。我が国でもファルーンによる支配を期待する平民たちがいるくらいだ。忌々しい！　このままでは今まで我々の父祖が築き上げた秩序が崩壊させられてしまう。そうなったら、マーヴェ教国とて困るのではないですか？」

マーヴェ教は「身分による差別が無い宗教」という建前を持つが、その実、聖職者のほとんどは貴族出身である。高位の聖職者になればなるほど、僧侶になる前の地位が高い人間が多い。実際、マーヴェ教皇もイーリス王家の血を引いている。

教団の運営も各王家や貴族たちからの寄進で成り立っているところが大きく、教会が民衆から得る収入など、ほんのわずかなものだった。

「……確かに、ファルーンという国はマーヴェ教国にとって良い存在とは言えぬ。だが、どうする？　現状、我が教団としては、ファルーン王をすぐに処罰するわけにはいかんぞ？」

「既に案はあります」

イーリス王が口元に笑みを浮かべた。

「マーヴェ教として3つの禁止行為を発表して頂きたい。1つ目として、モンスターの肉を食べることの禁止。モンスターの肉を食べるのはモンスターだけであり、人の所業ではないとするのです。2つ目として、モンスターの大規模な使役の禁止。テイマーなどモンスターを使役していた既存の者たちは保護しつつも、モンスターで構成された軍団などを禁ずるものです。3つ目として、貴族の身分の保護。これは正当な理由なくして、貴族を廃止することを禁止し、秩序の安定を求めるものです。如何ですか？」

「ふむ。悪くないな」

教皇は白い髭に手をやった。その内容なら教団としても受け入れやすい。

「で、それを破った場合はどうする？」

「破門にして頂きたい。むろん、ひとつを破った程度であれば注意程度でよいでしょうが、3

つとも破った場合は破門にするべきです。マーヴェ教としての権威を貶められたも同然なのですから。そして、『ファルーンの王には魔王の疑いがある』として発表するのです」

「魔王だと!?　さすがにそれは……ファルーン王家は魔王を倒した勇者の家系だぞ？」

「その勇者の家系が世界に牙を剝いているのです！　早急にこれを何とかしなければ、我々は終わるかもしれませぬ！」

「……バルカン王とマトウ師はどう考える？」

教皇はバルカン王と幻影のマトウに目をやった。

「イーリス王に賛同します」

バルカン王がすぐに答えた。

「わたしも賛成ですな。モンスターの兵器利用は危険が大き過ぎる。人の手では持て余す力ですな」

マトウも賛同の意を表した。

「わかった。して、魔王の疑いをかけた後はどうする気だ？」

「すべての国で連合を組み、討伐軍を起こすべきでしょう」

イーリス王は断言した。

EPILOGUE

ようやくベルセの街に正門から入ることができた。

だけど、肉を食べに来た日と同様に街は閑散としている。

出迎えてくれたのは、カーミラとパレス騎士団の面々であった。

「陛下、ようこそいらっしゃいました、我が国に」

カーミラは満面の笑みを浮かべていた。ドルセンの事実上の支配者となったことが嬉しいのだろう。

ドルセンからはイーリス軍もバルカン軍も既に退却を始めている。バルカン軍と孤軍奮闘していたジークムンドはカーミラに恭順の意を示していた。

亡くなったドルセン王は、アランの反乱が起きた際に「もしものときはカーミラに従え」とジークムンドに伝えていたらしい。あの王は反乱が起きた時点で、ここまで予期していたのだろうか？　何だか複雑な気分だ。

カーミラはジークムンドを迎え入れ、五天位筆頭をそのまま任せるようだ。残りの五天位の座にはミネルバ、シャーリー、レイア、サーシャという妃候補選考会のベスト8に残っていた4人が就くことになっている。まあ、今なら彼女たちも僕が倒した五天位程度の腕はあると思うし、大丈夫じゃないかな？

当然といえば当然なのだが、民衆たちからの歓迎はない。どの建物も固く戸を閉ざしている。住民たちから犠牲者は出なかったものの、反乱に参加したドルセンの貴族や騎士たちは根絶やしにされ、駐留していたイーリス軍は全滅したらしい。そんな残虐で血の気の多い連中がやってきたのだから、出迎える気にはなれないだろう。

ちょっとやり過ぎなんじゃないかなーと思ったけど、自分もファルーンで似たようなことをしていたので人のことは言えなかった。やったのは僕じゃなくてオグマたちなんだけどね。

今後ドルセンがファルーンの統治を受け入れるかどうかは、僕に同行してきたガマラス率いる官僚たちの仕事になるだろう。結局のところ、民衆が良い悪いを判断する基準は政治なのだ。力の支配などではない。

ファルーンでは知識階級であった貴族がほとんどいなくなったため、身分が低くても使えそうな人間は誰でも登用した。その結果、若くて優秀な官僚が育っている。彼らは非常にやる気があって熱意に満ちている。ドルセンでも同様に、身分の分け隔てなく人材を登用することになるだろう。その国の人間が自分の国のために働く。それこそが重要なことだ。まあ、ハンドレッドの支部も当然のようにできるんだろうけど……。

ガマラスの他に、クロム率いる黒の騎士団とワーレン率いる赤の騎士団が僕について来ていた。ハンドレッドの参加者の中から騎士団に入団を希望した者たちがいたため、以前は500人程度だった各騎士団は現在1000人くらいにまで増えている。

両騎士団を合わせれば2000人ほどだ。国の戦力としては少ないが質的には申し分無いと思う。

内乱でドルセン軍は大きく弱体化したし、カーミラの100人程度のパレス騎士団ではとても手が足りない。

一方、ファルーンとカドニアが唯一国境を接していたのがドルセンであったため、ある程度戦力をドルセンに移しても問題なかったので、クロムたちを連れてきたわけだ。

ドルセンではしばらく反乱とか他国との小競り合いが起こるだろうから、彼らが活躍する場面は多いだろう。

……多いというか、勝手に暴れ始めている。

クロムとワーレンは今回のドルセンの内乱で戦えなかったことで、欲求不満を感じていたのだ。

ワーレンはドルセン領に入るなり宣言した。

「陛下。わたしはこのままイーリスの国境に向かい、敵軍を駆逐してきます。いなかった場合は国境を越えて、駆逐してきます」

国境を越えたら、それはただの侵略ではないだろうか？

でも、殺気を漲《みなぎ》らせていたワーレンの顔が怖くて止められず、彼はそのまま赤の騎士団を連れてイーリス方面に行ってしまった。

それを見たクロムは言った。

「陛下。じゃあ、わたしはバルカンの国境に行ってまいります。バルカンの者どもにファルーンの恐ろしさを思い知らせてくれましょう。いなかった場合は、当然国境を越えて思い知らせてきます」

じゃあ、って何だ、じゃあって！

頼むからノリで戦争を始めないで欲しい。

でもワーレンを止められなかったのに、クロムにはダメとは言えず、黒の騎士団もバルカンの国境へと向かってしまった。

結局、イーリス軍もバルカン軍もドルセンとの国境を侵犯していたらしく、ワーレンとクロムにひどい目に遭わされているようだ。

良かった、あいつらが侵略を始めなくて。僕はイーリス軍とバルカン軍に心から感謝した。

で、僕がやってきた理由はファルーン王の威光を知らしめるためでもあるのだが、どちらかというと僕とカーミラの子であるレオンを連れてくるのが主目的であった。

さすがのカーミラもレオンを戦場に連れ出すようなことはしなかったのだ。

ただ、一応ドルセンの次の王はレオンになるので、戴冠式のためにドルセンに連れてくる必要があった。僕はその子守である。

「陛下が責任をもってレオンをドルセンに連れて来て下さいまし。絶対に目を離してはいけませんよ？」

そうカーミラからきつく言い含められていたからだ。

僕は子供が嫌いではない。自分が不遇な子供時代を過ごしたため、自分の子供たちにはそんな思いはさせたくなかったから、ちゃんと相手をしている。

ただ、長男のアーサーは母親のフラウにべったりだ。フラウも「マルスに似て可愛い」と溺愛している。

そう言われると悪い気はしないのだが、子供にフラウを取られた気分だ。

フラウはいつも魔法を使って、アーサーをぷかぷか宙に浮かせてあやしている。

僕は抱っこするぐらいしかできないので、アーサーには物足りないらしく、いつもフラウのところに行ってしまう。それがちょっと悲しかった。魔法使いってズルい。

レオンはというと、結構僕になついている。このドルセンに来る旅でも僕にがっしりとしがみついて片時も離さず、寝食を共にした。今も僕が片手で抱っこしている。

可愛い。可愛いのだが、今後レオンはドルセンで過ごすことになっている。そりゃ王様になるんだから仕方ないけど寂しい。僕はファルーンに戻らなければならないからだ。

ファルーンにはフラウ、カサンドラ、シーラという3人の妃がいる。フラウとシーラはともかくとして、カサンドラを放置したらファルーンが滅びかねない。

何せ「出産のときは近くにいろ。さしものわたしでも、そこを襲われたらかなわないからな。おまえに護ってもらわねば」と釘を刺されている。これで僕が側にいてやらなかったら、どんなひどい目にあわされるかわからない。

カサンドラを襲うくらいならドラゴンでも襲った方がマシだと思うのだが、さしもの剣聖も出産というものに不安を覚えているようだ。

僕が抱いていたレオンをカーミラが受け取った。レオンは久しぶりに見る母親がわかっていないのか、僕のほうを向いて不安げに顔を歪めて泣き出した。

けれど、カーミラはそれに気を悪くしたりせずに、柔らかい微笑みを浮かべて胸元であやしている。カーミラは王家の人間なので自分の子供とどのように接するのか不安があったけど、意外とちゃんと子供の相手をしてくれていた。まあそうじゃないとレオンをドルセンに置いて行くことなんてできないんだけど。

カーミラは自分の指からドルセンの指輪を外すと、レオンに手渡した。

指輪の魔石が明滅している。それを見てレオンが喜び、キャッキャッと笑った。

レオンの魔力に反応したのか？　まだ赤ん坊なのに？

連れてきた家臣たちやパレス騎士団の連中も驚いている。

カーミラはレオンが光る指輪をもてあそぶのを満足げに見つめていた。

魔石の光は柔らかくて優しい光だった。

きっとこの子は良いドルセンの王になるに違いない。

そのために僕はこの国を守ろう。たとえ誰を敵に回そうとも。

ただ、もうドルセンでも普通の肉は食べられそうにないんだよなぁ。

モンスターの肉を食っていたら王位に就いた件
EAT or DIE

あとがき

おかげさまで1巻の売れ行きは悪くなかったようなので、3巻までは出せそうです。ひょっとしたら、4巻もいけるかもしれません。ただし、3巻以降はＷＥＢ版のストックがほとんどないので、作者としては未知の領域に入ります。

これがなかなか大変でして、実は真面目なお話よりも、コメディのほうが話を考えるのが難しいのです。自分がスニーカー文庫から出している『誰が勇者を殺したか』は結構売れたのですが、労力はモンスターの肉のほうがかかっています。

時間をかければ良いものができるわけではないのですが、それでも「モンスターの肉が面白かった」という感想はとても嬉しいですし、「もっと売れて欲しいな」という気持ちが強くあります。

さて、この巻も芝さんが素敵なイラストを描いて頂いたのですが、本には載っていないキャラクターデザインの立ち絵も素晴らしい出来です。特にこの巻のカーミラ、ヤマト、シーラはとても気に入っています。キャラクターデザインはこの本の特設サイトで確認できますので、そちらもチェックして頂けると、もっとこの本が楽しめると思います。是非ご覧になってください。

そして、1月9日から『ヤングアニマルZERO』にて、コミカライズの連載も始まっています。漫画を担当して頂いているのは、鈴羅木かりん先生。

実際にお会いしたのですが、実績のある漫画家さんにも拘わらず、とても謙虚で素敵な方でした。この作品を気に入って描いてくださっているということで嬉しかったです。自分にとっては良い出会いでした。

実のところ、書籍化が決まった当初は、「途中で打ち切られたら、自分の力が足りなかっただけだから仕方ないな」と割り切っていました。

しかし、担当編集者さんや芝さん、鈴羅木さん、漫画の担当者さんなど、多くの方が関わっていくにつれて、何よりも読者の感想を読んで、「もっと頑張らなければならないんだな」と思うようになりました。

やはり物語は完結させないと、色々なものが行き場を失うわけです。読者の方々には最後まで応援して頂けると幸いです。

二巻発売おめでとうございます！
第二巻の刊行は、
そのスピーディなペースに驚嘆し、
同時に大きな励みとなっています。

駄犬先生の文章は
読者を深く引き込む力があり、
芝先生のイラストはその魅力を
さらに際立たせています。
お二方によって紡がれる
この作品の世界には、
いつもワクワクさせられます。

原作の持つ魅力を最大限に引き出すため、
コミカライズの制作にも全力を尽くします。
今後ともどうぞよろしくお願いいたします！

KARIN SUZURAGI

大好評連載中!
ヤングアニマル ゼロ ZERO
YOUNG ANIMAL ZERO
強くなりたければ、肉を喰え!
を食っていたら
いた件
YAWEBで
1話試し読み!!
キャラクター原案：芝
鈴羅木かりん／白泉社 ©駄犬／芝 ©マイクロマガジン社
ヤングアニマルWeb 検索

ヤングアニマルZEROにて
EATorDIE
王位に就
原作：駄犬　漫画：鈴羅木かりん

ファンレター、作品のご感想をお待ちしています!

【宛先】
〒104-0041
東京都中央区新富1-3-7　ヨドコウビル
株式会社マイクロマガジン社
GCN文庫編集部

駄犬先生 係
芝先生 係

【アンケートのお願い】

右の二次元バーコードまたは
URL (https://micromagazine.co.jp/me/) を
ご利用の上、本書に関するアンケートにご協力ください。
■スマートフォンにも対応しています (一部対応していない機種もあります)。
■サイトへのアクセス、登録・メール送信の際の通信費はご負担ください。

本書はWEBに掲載されていた物語を、加筆修正のうえ文庫化したものです。
この物語はフィクションであり、実在の人物、団体、地名などとは一切関係ありません。

GCN文庫

モンスターの肉《にく》を食《く》っていたら王位《おうい》に就《つ》いた件《けん》 ②

2024年1月27日　初版発行

著者　駄犬《だけん》
イラスト　芝《しば》
発行人　子安喜美子
装丁　伸童舎株式会社
DTP／校閲　株式会社鷗来堂
印刷所　株式会社エデュプレス
発行　株式会社マイクロマガジン社
〒104-0041　東京都中央区新富1-3-7　ヨドコウビル
［販売部］TEL 03-3206-1641／FAX 03-3551-1208
［編集部］TEL 03-3551-9563／FAX 03-3551-9565
https://micromagazine.co.jp/

ISBN978-4-86716-521-8 C0193
©2024 Daken ©MICRO MAGAZINE 2024 Printed in Japan

定価はカバーに表示してあります。
乱丁、落丁本の場合は送料弊社負担にてお取り替えいたしますので、
販売営業部宛にお送りください。
本書の無断複製は、著作権法上の例外を除き、禁じられています。

駄犬
DAKEN
新作

死霊魔術の容疑者

2024年3月
発売決定!!!!!

GC NOVELS